胡适作品系列

胡适作品系列

南游杂忆

图书在版编目（CIP）数据

南游杂忆/胡适著.—北京：北京大学出版社，2014.3
（胡适作品系列）
ISBN 978-7-301-23663-5

Ⅰ.①南… Ⅱ.①胡… Ⅲ.①游记－作品集－中国－现代 Ⅳ.①I266.4

中国版本图书馆 CIP 数据核字（2013）第 311425 号

书　　　名：	南游杂忆
著作责任者：	胡　适 著
责 任 编 辑：	张文礼
标 准 书 号：	ISBN 978-7-301-23663-5/I·2700
出 版 发 行：	北京大学出版社
地　　　址：	北京市海淀区成府路 205 号　100871
网　　　址：	http://www.pup.cn　新浪官方微博：@北京大学出版社
电 子 信 箱：	pkuwsz@126.com
电　　　话：	邮购部 62752015　发行部 62750672
	编辑部 62767315　出版部 62754962
印 刷 者：	北京中科印刷有限公司
经 销 者：	新华书店
	890 毫米×1240 毫米　32 开本　4.375 印张　88 千字
	2014 年 3 月第 1 版　2021 年 5 月第 5 次印刷
定　　　价：	30.00 元

未经许可，不得以任何方式复制或抄袭本书之部分或全部内容。
版权所有，侵权必究
举报电话：010-62752024　电子信箱：fd@pup.pku.edu.cn

胡适难得的休憩中的照片。

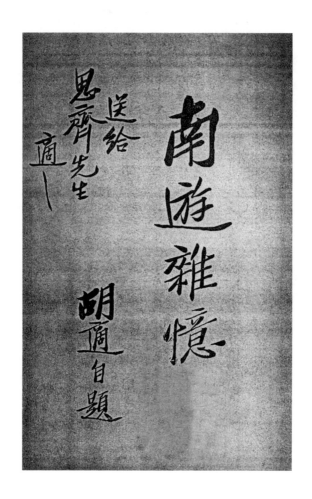

1935年10月《南游杂忆》由上海国民出版社出版。

1928年《庐山游记》由上海新月书店出版,书名由徐志摩题签。

萬山不許一溪奔,
攔得溪聲日夜喧.
到得前頭山腳盡,
堂(堂)溪水出前村.

南宋大詩人楊萬里的
挂冠舖絕句,我最愛讀.
今寫給
儆裳老弟,祝他的六十五
歲生日.

　　　　　適之
　　　　五十年七月

1961年7月26日,胡适为狱中的雷震65岁生日祝寿纪念册题赠的诗。

胡适夫妇合影。

进入中年的胡适(39岁)。

1935年1月胡适在广西大学。

出版说明

　　胡适是20世纪中国最具国际声誉的学者、思想家和教育家。他在文、史、哲等学科取得了巨大的成就，是"五四"以来影响中国文化学术最深的历史人物。他活跃于社会政治领域，是中国自由主义最具诠释力的思想家。他在美国、英国、加拿大等欧美国家荣获三十五个名誉博士学位，是最具国际影响的中国学者。胡适生前在北京大学从事教学工作时间长达十八年之久，曾任北京大学文学院院长、校长等职。他对北大情有独钟，遗嘱中交待将他留在大陆的书籍和文件捐赠给北大图书馆。为反映这位文化巨人一生博大精深的文化建树，本社在北大百年校庆的1998年曾隆重推出一套大型胡适作品集——《胡适文集》（十二册），对所收作品均作了文字订正和校刊，其中有一部分作品，采用了胡适本人后来的校订本或北大的收藏本，具有很高的文献价值，受到学界和广大读者的欢迎。

　　因早已售缺，多年来，一直有要求重印的呼声。此次重印，此套书的编者著名胡适研究专家欧阳哲生先生又精心做了许多工作，包括对照已出各种版本的优长，重核胡适本人原始和修订版的文字等，力求呈现最接近大师本人原意的文字面貌。为方便读者阅读，我们从《胡适文集》之中精选部分内容，另外推出"胡适作品系列"。

本书收录了《南游杂忆》《庐山游记》《平绥路旅行小记》三篇文章。即使在游玩中，胡适所见也不止是"山"和"水"，还看见当地的宗教、文化和教育，甚至不忘给庐山上的一个塔作考证，意在引导出一个思想学问的方法："疑而后信，考而后信，有充分证据而后信。"

由于所处环境不同，研究视角与方法不同，因此本书对某些具体问题的描述和解释，与内地通行的说法有不尽相同之处，对这些说法，我们未作删改，这并不代表我们完全同意作者的说法，请读者在阅读时认真鉴别。本书的人名、地名、标点等，有的与现行用法不同，为保存原貌，亦未加修改。

限于编辑水平，难免存在错漏之处，欢迎读者多提宝贵意见。

北京大学出版社
2013年12月

目　录

南游杂忆　　　　　　　　　　　　　　　　　／1
　一　香港　　　　　　　　　　　　　　　　　／4
　二　广州　　　　　　　　　　　　　　　　　／13
　三　广西　　　　　　　　　　　　　　　　　／27
　四　广西的印象　　　　　　　　　　　　　　／44
　五　尾声　　　　　　　　　　　　　　　　　／56
　附录　粤桂写影　胡政之　　　　　　　　　　／58

庐山游记　　　　　　　　　　　　　　　　　／77

平绥路旅行小记　　　　　　　　　　　　　　／115

南游杂忆

我这一次因为接受香港大学的名誉学位，作第一次的南游，在香港住了五天，在广州住了两天半，在广西住了十四天。这些地方都是我多年想去而始终没有去成的，这回得有畅游的机会，使我很快慰。可惜南方的朋友待我太好了，叫我天天用嘴吃喝，天天用嘴说话，嘴太忙，所以用眼睛耳朵的机会太少了。前后二十多天之中，我竟没有工夫记日记。后来在《大公报》和《国闻周报》上读了胡政之先生的两种两粤游记，我很感觉惭愧。他游两粤，恰在我之后，走的路也恰和我走的大致一样；但他是一个有训练的名记者，勤于记载每天的观察，所以他的游记很可供读者的参考。我因为当时没有日记，回家后又两次患流行性感冒，前后在床上睡了十天，事隔日久，追忆起来更模糊了。但因为许多朋友的催逼，所以我决定写出一些追忆的印象和事实，做我第一次南游的报告。

一 香港

我在元旦上午坐哈里生总统船南下,一月四日早晨到香港,住在香港大学副校长韩耐儿(Sir William Hornell)的家里。我在香港的日程,先已托香港大学文学院长佛斯脱先生(Dr. L. Forster)代为排定。西洋人是能体谅人的,所以每天上午都留给我自由支配,一切宴会讲演都从下午一点开始。所以我在港五天,比较很从容,玩了不少地方。

船到香港时,天还未明,我在船面上眺望,看那轻雾中的满山灯光,真像一天繁星。韩校长的家在半山,港大也在半山,在山上望见海湾,望见远近的岛屿,气象比青岛、大连更壮丽。香港的山虽不算很高,但几面都靠海,山和海水的接近,是这里风景的特色。有一天佛斯脱先生夫妇邀我去游览香港市的背面的山水,遍览浅水湾,深水湾,香港仔,赤柱各地。阳历的一月正是香港最好的天气。满山都是绿叶，到处可以看见很浓艳的鲜花；我们久居北方的人，到这里真有"赶上春了"的快乐。我们在山路上观看海景，到圣士梯反学校小坐喝茶，看海上的斜阳，风景特别清丽。晚上到佛斯脱先生家去吃饭，坐电车上山，走上山顶（The Peak），天已黑了，山顶上有轻雾，远望下去，看那全市的灯火，气象比纽约和旧金山的夜色还更壮丽。有个朋友走遍世界的，曾说，香港的夜景，只有南美洲巴西首都丽阿德耶内罗（Rio De Janeiro）和澳洲的西德内（Sidsey）两处可以相比。过了一天，有朋友邀我去游九龙，因时间太晚，走的不远，但大埔和水塘一带的风景的美丽已够使我们惊异了。

有一天，我在扶轮社午餐后演说，提到香港的风景之美，我说：香港应该产生诗人和画家，用他们的艺术来赞颂这里的海光山色。有些人听了颇感觉诧异。他们看惯了，住腻了，终日只把这地方看作一个吃饭做买卖的商场，所以不能欣赏那山水的美景了。但二十天之后，我从广西回到香港时，有人对我说，香港商会现在决定要编印一部小册子，描写香港的风景，他们准备印两万本，来宣传香港的山水之美！

香港大学最有成绩的是医科与工科，这是外间人士所知道的。这里的文科比较最弱，文科的教育可以说是完全和中国大陆的学术思想不发生关系。这是因为此地英国人士向来对于中国文史太隔膜了，此地的中国人士又太不注意港大文科的中文教学，所以中国文字的教授全在几个旧式科第文人的手里，大陆上的中文教学早已经过了很大的变动，而港大还完全在那变动大潮流之外。近年副校长韩君与文学院长佛君都很注意这个问题，他们两人去年都曾到北方访问考查；去年夏天港大曾请广东学者陈受颐先生和容肇祖先生到这里来研究港大的中文教学问题，请他们自由批评并指示改革的途径。这种虚心的态度是很可以佩服的。我在香港时，很感觉港大当局确有改革文科中国文字教学的诚意，本地绅士如周寿臣、罗旭和诸先生也都热心赞助这件改革事业。但他们希望一个能主持这种改革计划的人，这个人必须兼有四种资格：（一）须是一位高明的国学家，（二）须能通晓英文，能在大学会议席上为本系辩护，（三）须是一位有管理才干的人，（四）最好须是一位广东籍的学者。因为这样的人才一时不易得，所以这件改革事业至今还不曾进行。

香港大学创始于爱里鹗爵士（Sir Charles Eliot），此君是一位博学的学者，精通梵文和巴利（Pali）文，著有《印度教与佛教》三巨册；晚年曾任驻日本大使，退休后即寄居奈良，专研究日本的佛教，想著一部专书。书稿未成，他因重病回国，死在印度洋的船上。一九二七年五月，我从美国回来，过日本奈良，曾在奈良旅馆里见着他。那一天同餐的，有法国的勒卫先生（Sylvan Levi），瑞士（现改法国籍）的戴弥微先生（Demieville），日本的高楠顺次郎先生和法隆寺的佐伯方丈，五国的研究佛教的学人聚在一堂，可称盛会。于今不过八年，那几个人都云散了，而当日餐会的主人已葬在海底了！

爱里鹗校长是最初推荐钢和泰先生（Baron Stael-Holstein）给北京大学的人。钢先生从此留在北京，研究佛教，教授梵文和藏文，至今十五六年了。香港大学对中国学术上的贡献，大概要算这件事为最大。可惜爱里鹗以后，这样的学术上的交通就不曾继续了。

香港的教育问题，不仅是港大的中文教学问题。我在香港曾和巢坤霖先生、罗仁伯先生细谈，才知道中小学的中文教学问题更是一个急待救济的问题。香港的人口，当然绝大多数是中国人。他们的儿童入学，处处感觉困难。最大的困难是那绝大多数的华文学校和那少数的英文中学不能相衔接，华文学校是依中国新学制的六六制办的，小学六年，中学也六年。英文中学却有八年。依年龄的分配，在理论上，一个儿童读了四年小学，应该可以接上英文中学的最低级（第八级）。事实上却不然，华人子弟往往要等到初中二三年（即第八九年）方才能考英文中学。其间除了英文之外，其余的他种学科都是学过了还须重习的。这样的不相衔接，往往使儿童枉费去三年至五年的光阴。所以这是一个最严重的问题。香港与九龙的华文学校约有八百所，其中六百校是完全私立的，二百校是稍有政府津贴的。英文中学校之中，私立的约有一百校，其余最好的三十校又分三种：一种是官立的，一种是政府补助的，一种是英国教会办的。因为全港受英国统治与商业的支配，故学生的升学当然大家倾向那三十所设备最好的英文中学。无力升学的学生，也因为工商业都需要英文与英语，也都有轻视其他学科的倾向。还有一些人家，因为香港生活程度太高，学费太贵，往往把子弟送往内地去求学；近年中国学校不能收未立案的学校学生，所以叫香港儿童如想在内地升学，必须早入中国的立案学校。所以香港的中小学的教学问题最复杂。家长大都希望子弟能早学英文，又都希望他们能多学一点中国文字，同时广东人的守旧风气又使他们迷恋中国古文，不肯彻底改用国语课本。结果是在绝大多数的中文学校里，文言课本还是很占势力，师资既不易得，教学的成绩自然不会好了。

罗仁伯先生是香港中文学校的视学员，他是很虚心考虑这个中文教学问题的，他也不反对白话文。但他所顾虑的是：白话文不是广东人的口语，广东儿童学白话未必比学文言更容易，也未必比学文言更有用。这不仅是他一个人的顾虑，广东朋友往往有这种见解。其实这种意思是错的。第一，今日的"国语"本是一种活的方言，因为流行最广，又已有文学作品做材料，所以最容易教学；学了也最有用。广东话也是一种活的方言，但流行比较不远，又产生的文学材料太少，所以不适宜用作教学工具。广东人虽不说国语，但他们看白话小说，新体白话文字，究竟比读古书容易的多多了。第二，"广东话"决不能解决华南一带语言教学问题，因为华南的语言太复杂了，广东话之外，还有客话，潮州话，等等。因为华南的语言太复杂了，所以用国语作统一的语言实在比在华北、华中还更需要。第三，古文是不容易教的，越下去，越不容易得古文师资了。而国语师资比较容易培养。第四，国语实在比古文丰富的多，从国语入手，把一种活文字弄通顺了，有志学古文的人将来读古书也比较容易。第五，我想香港的小学中学若彻底改用国语课本，低级修业年限或可以缩短一二年。将来谋中文学校与英文中学的衔接与整理，这也许是很可能的一个救济方法——所以我对于香港的教育家，很诚恳的希望他们一致的改用国语课本。

我在香港讲演过五次：三次用英文，两次用国语。在香港用国语讲演，不是容易的事。一月六日下午，我在香港华侨教育会向两百多华文学校的教员演说了半点钟，他们都说可以勉强听官话，所以不用翻成广东话。我说的很慢，自信是字字句句清楚的。因为我怕他们听不明白，所以那篇演说里没有一句不是很浅近的话。第二天各华字报登出会场的笔记,我在《大光报》上读了一遍,觉得大旨不错,我很高兴,因为这样一篇有七八成正确的笔记使我相信香港的中小学教员听国语的程度并不坏,这是最可乐观的现象,在十年前这是决不可能的。后来广州各报转载的,更后来北方各报转载的,大概都出于一个来源,都和《大光报》相同。其中当然有一些听错的地方,和记述白话语气不完全的地方。例如我提到教育部王部长的广播演说,笔记先生好像不知道王世杰先生,所以记作汪精卫先生了。又如我是很知道广州人对香港的感情的,所以我很小心的说"我希望香港的教育家接受新文化,用和平手段转移守旧势力,使香港成为南方的一个新文化中心",我特别把"一个新文化中心"说的很清楚,但笔记先生好像不曾做惯白话文,他轻轻的把"一个"两字丢掉了,后来引起了广州人士不少的醋意!又如最后笔记先生记的有这样一句话:

  现在不同了。香港最高级教育当局也想改进中国的文化。

这当然是很错误的纪录:我说的是香港最高教育当局现在也想改善大学里的中国文学的教学了,所以我接着说港大最近请两位中国学者来计划中文系的改革的事业。凡有常识而无恶意的读者,看了上下文,决不会在这一句上挑眼的,谁知这句句子后来在中山大学邹校长的笔下竟截去了上下文,成了一句天下驰名的名句!

那篇演说,因为各地报纸都转载了,并且除了上述各点小误之外,记载的大体不错,所以我不用转载在这里了。我的大意是劝告香港教育家充分利用香港的治安和财富,努力早日做到普及教育;同时希望他们接受中国大陆的新潮流,在思想文化上要向前走,不要向后倒退。可是我在后半段里提到广东当局反对白话文,提倡中小学读经的政策。我说的很客气,笔记先生记的是:

> 现在广东很多人反对用语体文,主张用古文;不但古文,而且还提倡读经书。我真不懂。因为广州是革命策源地,为什么别的地方已经风起云涌了,而革命策源地的广东尚且守旧如此。

这段笔记除了"风起云涌"四个字和"尚且"二字我决不会用的,此外的语气大致不错。我说的虽然很客气,但读经是陈济棠先生的政策,并且曾经西南政务会议正式通令西南各省,我的公开反对是陈济棠先生不肯轻轻放过的。于是我这篇最浅近的演说在一月八日广州报纸上登出之后,就引起很严重的反对。我丝毫不知道这回事,八日的晚上,我上了"泰山"轮船,一觉醒来,就到了广州。

罗文干先生每每取笑我爱演说,说我"卖膏药"。我不懂这句话的意思,直到那晚上了轮船,我才明白了。我在头等舱里望见一个女人在散舱里站着演说,我走过去看,听不懂她说的是什么问题,只觉得她侃侃而谈,滔滔不绝,很像是一位有经验的演说大家。后来问人,才知道她是卖膏药的,在那边演说她手里的膏药的神效。我忍不住暗笑了;明天早起,我也上省卖膏药去!

二 广州

一月九日早晨六点多,船到了广州,因为大雾,直到七点,船才能靠码头。有一些新旧朋友到船上来接我,还有一些新闻记者围住我要谈话。有一位老朋友托人带了一封信来,要我立时开看。我拆开信,中有云:"兄此次到粤,诸须谨慎。"我不很了解,但我知道这位朋友说话是很可靠。那时和我同船从香港来的有岭南大学教务长陈荣捷先生,到船上来欢迎的有中山大学文学院长吴康先生,教授朱谦之先生,还有地方法院院长陈达材先生,他们还不知道广州当局对我的态度。陈荣捷先生和吴康先生还在船上和我商量我的讲演和宴会的日程。那日程确是可怕的!除了原定的中山大学和岭南大学各演讲两次之外,还有第一女子中学,青年会,欧美同学会等,四天之中差不多有十次讲演。上船来的朋友还告诉我:中山大学邹鲁校长出了布告,全校学生停课两天，使他们好去听我的讲演。又有人说：青年会昨天下午开始卖听讲券，一个下午卖出了两千多张。

我跟着一班朋友到了新亚酒店。已是八点多钟了。我看广州报纸，才知道昨天下午西南政务会议开会，就有人提起胡适在香港华侨教育会演说公然反对广东读经政策，但报纸上都没有明说政务会议议决如何处置我的方法。一会儿，吴康先生送了一封信来，说：

> 适晤邹海滨先生云：此间党部对先生在港言论不满，拟劝先生今日快车离省，暂勿演讲，以免发生纠纷。

邹、吴两君的好意是可感的，但我既来了，并且是第一次来观光，颇不愿意就走开。恰好陈达材先生问我要不要看看广州当局，我说：林云陔主席是旧交，我应该去看看他。达材就陪我去到省政府，见着林云陔先生，他大谈广东省政府的"三年建设计划"。他问我要不要见见陈总司令，我说，很好。达材去打电话，一会儿他回来说：陈总司令本来今早要出发向派出剿匪的军队训话，因为他要和我谈话，特别改迟出发。总司令部就在省政府隔壁，可以从楼上穿过。我和达材走过去，在会客室里略坐，陈济棠先生就进来了。

陈济棠先生的广东官话我差不多可以全懂。我们谈了一点半钟,大概他谈了四十五分钟,我也谈了四十五分钟。他说的话很不客气:"读经是我主张的,祀孔是我主张的,拜关、岳也是我主张的。我有我的理由。"他这样说下去,滔滔不绝。他说:"我民国十五年到莫斯科去研究,我是预备回来做红军总司令的。"但他后来觉得共产主义是错的,所以他决心反共了。他继续说他的两大政纲:第一是生产建设,第二是做人。生产的政策就是那个"三年计划",包括那已设未设的二十几个工厂,其中有那成立已久的水泥厂,有那前五六年才开工出糖的糖厂。他谈完了他的生产建设,转到"做人",他的声音更高了,好像是怕我听不清似的。他说:生产建设可以尽量用外国机器,外国科学,甚至于不妨用外国工程师。但"做人"必须有"本",这个"本"必须要到本国古文化里去寻求。这就是他主张读经祀孔的理论。他演说这"生产""做人"两大股,足足说了半点多钟。他的大旨和胡政之先生"粤桂写影"所记的陈济棠先生一小时半的谈话相同,大概这段大议论是他时常说的。

我静听到他说完了,我才很客气的答他,大意说:"依我的看法,伯南先生的主张和我的主张只有一点不同。我们都要那个'本',所不同的是:伯南先生要的是'二本',我要的是'一本'。生产建设须要科学,做人须要读经祀孔,这是'二本'之学。我个人的看法是：生产要用科学知识，做人也要用科学知识，这是'一本'之学。"

他很严厉的睁着两眼，大声说："你们都是忘本！难道我们五千年的老祖宗都不知道做人吗？"

我平心静气的对他说："五千年的老祖宗，当然也有知道做人的。但就绝大多数的老祖宗说来，他们在许多方面实在够不上做我们'做人'的榜样。举一类很浅的例子来说罢。女人裹小脚，裹到骨头折断，这是全世界的野蛮民族都没有的惨酷风俗。然而我们的老祖宗居然行了一千多年。大圣大贤，两位程夫子没有抗议过，朱夫子也没有抗议过，王阳明、文文山也没有抗议过。这难道是做人的好榜样？"

他似乎很生气，但也不能反驳我。他只能骂现存中国的教育，说"都是亡国的教育"；他又说，现在中国人学的科学，都是皮毛，都没有"本"，所以都学不到人家的科学精神，所以都不能创造。在这一点上，我不能不老实告诉他：他实在不知道中国这二十年中的科学工作。我告诉他：现在中国的科学家也有很能做有价值的贡献的了，并且这些第一流的科学家又都有很高明的道德。他问，"有些什么人？"我随口举出了数学家的姜蒋佐，地质学家的翁文灏、李四光，生物学家的秉志，——都是他不认识的。

关于读经的问题，我也很老实的对他说：我并不反对古经典的研究，但我不能赞成一班不懂得古书的人们假借经典来做复古的运动。"这回我在中山大学的讲演题目本来是两天都讲'儒与孔子'，这也是古经典的一种研究。昨天他们写信到香港，要我一次讲完，第二次另讲一个文学的题目。我想读经问题正是广东人眼前最注意的问题，所以我告诉中山大学吴院长，第二题何不就改作'怎样读经？'我可以同这里的少年人谈谈怎样研究古经典的方法。"我说这话时，陈济棠先生回过头去望着陈达材，脸上做出一种很难看的狞笑。我当作不看见，仍旧谈下去。但我现在完全明白是谁不愿意我在广州"卖膏药"了！

以上记的，是我们那天谈话的大概神情。旁听的只有陈达材先生一位。出门的时候，达材说，陈伯南不是不能听人忠告的，他相信我的话可以发生好影响。我是相信天下没有白费的努力的，但对达材的乐观我却不免怀疑。这种久握大权的人，从来没有人敢对他们说一句逆耳之言，天天只听得先意承志的阿谀谄媚，如何听得进我的老实话呢？

在这里我要更正一个很流行的传说。在十天之后，我在广西遇见一位从广州去的朋友，他说，广州盛传胡适之对陈伯南说："岳武穆曾说，'文官不要钱，武官不怕死，天下太平矣'。我们此时应该倒过来说，'武官不要钱，文人不怕死；天下太平矣'。"——这句话确是我在香港对胡汉民先生说的。我在广州,朋友问我见过胡展堂没有,我总提到这段谈话。那天见陈济棠先生时,我是否曾提到这句话,我现在记不清了。大概广州人的一般心理,觉得这句话是我应该对陈济棠将军说的,所以不久外间就有了这种传说。

我们从总司令部出来,回到新亚酒店,罗钧任先生,但怒刚先生,刘毅夫(沛泉)先生,罗努生先生,黄深微(骚)先生,陈荣捷先生,都在那里。中山大学文学院长吴康先生又送了一封信来,说:

> 鄙意留省以勿演讲为妙。党部方面空气不佳,发生纠纷,反为不妙,邹先生云,昨为党部高级人员包围,渠无法解释。故中大演讲只好布告作罢。渠云,个人极推重先生,故前布告学生停课出席听先生讲演。惟事已至此,只好向先生道歉,并劝先生离省,冀免发生纠纷。
>
> 一月九日午前十一时

邹校长的为难,我当然能谅解。中山大学学生的两天放假没有成为事实,我却可以得着四天的假期,岂不是意外的奇遇?所以我和陈荣捷先生商量,爽性把岭南大学和其他几处的讲演都停止了,让我痛痛快快的玩两天。我本来买了来回船票，预备赶十六日的塔虎脱总统船北回，所以只预备在广州四天，在梧州一天。现在我和西南航空公司刘毅夫先生商量，决定在广州只玩两天，又把船期改到十八日的麦荆尼总统船，前后多出四天，坐飞机又可以省出三天，我有七天（十一——十八）可以飞游南宁和柳州、桂林了。罗钧任先生本想游览桂林山水，他到了南宁，因为他的哥哥端甫先生（文庄）死了，他半途折回广州。他和罗努生先生都愿意陪我游桂林，我先去梧州讲演，钧任等到十三日端甫开吊事完，飞到南宁会齐，同去游柳州、桂林。我们商量定了，我很高兴，就同陈荣捷先生坐小汽船过河到岭南大学钟荣光校长家吃午饭去了。

那天下午五点，我到岭南大学的教职员茶会。那天天气很热，茶会就在校中的一块草地上，大家团坐吃茶点谈天。岭大的学生知道了，就有许多学生来旁观。人越来越多，就把茶会的人包围住了。起先他们只在外面看着，后来有一个学生走过来对我说："胡先生肯不肯在我的小册子上写几个字？"我说可以，他就摸出一本小册子来请我题字。这个端一开，外面的学生就拥进茶会的团坐圈子里来了。人人都拿着小册子和自来水笔，我写的手都酸了。天渐黑下来了。草地上蚊子多的很，我的薄袜子抵挡不住，我一面写字，一面运动两只脚，想赶开蚊子。后来陈荣捷先生把我拉走，我上车时,两只脚背都肿了好几块。

晚上黄深微先生和他的夫人邀我到他们家中去住,我因为旅馆里来客太多,就搬到东山,住在他们家里。十点钟以后,报馆里有人送来明天新闻的校样,才知道中山大学邹鲁校长今天出了这样一张布告:

国立中山大学布告第七十九号

为布告事。前定本星期四五两下午二时请胡适演讲。业经布告在案。现阅香港《华字日报》。胡适此次南来接受香港大学博士学位之后。在港华侨教育会所发表之言论。竟谓香港最高教育当局。也想改进中国的文化。又谓各位应该把他做成南方的文化中心。复谓广东自古为中国的殖民地等语。此等言论。在中国国家立场言之。胡适为认人作父。在广东人民地位言之。胡适竟以吾粤为生番蛮族。实失学者态度。应即停止其在本校演讲。合行布告。仰各学院各附校员生一体知照。届时照常上课为要。此布。

校长 邹鲁 中华民国二十四年一月九日

这个布告使我不能不佩服邹鲁先生的聪明过人。早晨的各报记载八日下午西南政务会议席上讨论的胡适的罪过,明明是反对广东的读经政策。现在这一桩罪名完全不提起了,我的罪名变成了"认人作父"和"以吾粤为生番蛮族"两项!广州的当局大概也知道"反对读经"的罪名是不够引起广东人的同情的,也许多数人的同情反在我的一边。况且读经是武人的主张,——这是陈济棠先生亲口告诉我的——如果用"反对读经"做我的罪名,这就成了陈济棠反对胡适了。所以奉行武人意旨的人们必须避免这个真罪名,必须向我的华侨教育会演说里去另寻找我的罪名,恰好我的演说里有这么一段话:

> 我觉得一个地方的文化传到它的殖民地或边境,本地方已经变了,而边境或殖民地仍是保留着它老祖宗的遗物。广东自古是中国的殖民地,中原的文化许多都变了,而在广东尚留着。像现在的广东音是最古的,我现在说的话才是新的(用各报笔记,大致无大错误)。

假使一个无知苦力听了这话忽然大生气,我一定不觉得奇怪。但是一位国立大学校长,或是一位国立大学的中国文学系主任居然听不懂这一段话,居然大生气,说我是骂他们"为生番蛮族",这未免有点奇怪罢。

我自己当然很高兴,因为我的反对读经现在居然不算是我的罪状了,这总算是一大进步。孟子说的好,"乃孔子则欲以微罪行,不欲为苟去"。邹鲁先生们受了读经的训练,硬要我学孔子的"做人",要我"以微罪行",我当然是很感谢的。

但九日的广州各报记载是无法追改的,九日从广州电传到海内外各地的消息也是无法追改的。广州诸公终不甘心让我蒙"反对读经"的恶名,所以一月十四日的香港英文《南华晨报》(South China Morning Post)上登出了中山大学教授兼广州《民国日报》总主笔梁民志(Prof. Liang Min-Chi)的一封英文来函,说:

> 我盼望能借贵报转告说英国话的公众,胡适博士在广州所受冷淡的待遇,并非因为(如贵报所记)他批评广州政府恢复学校读经课程,其实完全因为他在一个香港教员聚会席上说了一些对广东人民很侮辱又"非中国的"(Un-Chinese)批评。我确信任何人对于广州政府的教育政策如提出积极的批评,广州当局诸公总是很乐意听受的。

我现在把梁教授这封信全译在这里,也许可以帮助广州当局诸公多解除一点同样的误解。

我的膏药卖不成了,我就充分利用那两天半的时间去游览广州的地方。黄花岗，观音山，鱼珠炮台，石牌的中山大学新校舍，禅宗六祖的六榕寺，六百年前的五层楼的镇海楼，中山纪念塔，中山纪念大礼堂，都游遍了。中山纪念塔是亡友吕彦直先生（康南尔大学同学）设计的，图案简单而雄浑，为彦直生平最成功的建筑，远胜于中山陵的图案。黄花岗七十二烈士（中有亡友饶可权先生）墓是二十年前的新建筑，中西杂凑，全不谐和，墓顶中间一个小小的自由神石像，全仿纽约港的自由神大像，尤不相衬。我们看了民元的黄花岗，再看吕彦直设计的中山纪念塔，可以知道这二十年中国新建筑学的大进步了。

我在中山纪念塔下游览时，忽然想起学海堂和广雅书院，想去看看这两个有名学府的遗迹。同游的陈达材先生说，广雅书院现在用作第一中学的校址，很容易去参观。我们坐汽车到一中，门口的警察问我们要名片，达材给了他一张名片。我们走进去，路上遇着一中的校长，达材给我介绍，校长就引我们去参观。东边有荷花池，池后有小亭，亭上有张之洞的浮雕石像，刻的很工致。我们正在赏玩，不知如何被校中学生知道了，那时正是十二点一刻，餐堂里的学生纷纷跑出来看，一会儿荷花池的四围都是学生了。我们过桥时，有个学生拿着照相机走过来问我："胡先生可以让我照相吗？"我笑着立定，让他照了一张相。这时候，学生从各方面围拢来，跟着我们走，有些学生跑到前面路上去等候我们走过。校长说："这里一千三百学生，他们晓得胡先生来，都要看看你。"我很想赶快离开此地。校长说："这里是东斋，因为老房屋有倒坏了的，所以全拆了重盖新式斋舍。那边是西斋，还保存着广雅书院斋舍的原样子，不可以不去看。"我只好跟他走，走到西斋，西斋的学生也知道我来了，也都跑来看我们。七八百个少年人围着我们，跟着我们，大家都不说话，但他们脸上的神气都很使我感动。校墙上有石刻的广雅书院学规，我站住读了几条回头看时，后面学生都纷纷挤上来围着我们，我们几乎走不开了。我们匆匆出来，许多学生跟着校长一直送我们到校门口。我们上了汽车，我对同游的两位朋友说："广州的武人政客未免太笨了。我若在广州演讲，大家也许来看热闹，也许来看看胡适之是什么样子；我说的话，他们也许可以懂得五六成；人看见了，话听完了，大家散了，也就完了。演讲的影响不过如此。可是我的不演讲，影响反大的多了。因为广州的少年人都不能不想想为什么胡适之在广州不讲演。我的最大辩才至多只能使他们想想一两个问题，我不讲演却可以使他们想想无数的问题。陈伯南先生真是替胡适之宣传他的'不言之教'了！"

我在广州玩了两天半，一月十一日下午，我和刘毅夫先生同坐西南航空公司"长庚"机离开广州了。

我走后的第二天，广州各报登出了中山大学中国文学系教授古直，钟应梅，李沧萍三位先生的两个"真电"，全文如下：

一、广州分送西南政务委员会，陈总司令，林主席，省党部，林宪兵司令，何公安局长勋鉴，昔颜介庚信，北陷虏廷，尚有乡关之重，今胡适南履故土，反发盗憎之论，在道德为无耻，在法律为乱贼矣，又况指广东为殖民，置公等于何地，虽立正典刑，如孔子之诛少正卯可也，何乃令其逍遥法外，造谣惑众，为侵掠主义张目哉，今闻尚未出境，请即电令截回，径付执宪，庶几乱臣贼子，稍知警悚矣，否则老口北返，将笑广东为无人也。国立中山大学中文系主任古直、教员李沧萍、钟应梅，等叩，真辰。二、探送梧州南宁李总司令，白副总司令，黄主席，马校长勋鉴（前段与上电同略），今闻将入贵境，请即电令所在截留，径付执宪，庶几乱臣贼子，稍知警悚矣，否则公方剿灭共匪，明耻教战，而反容受刘豫、张邦昌一流人物以自站，天下其谓公何，心所谓危，不敢不告。国立中山大学中文系主任古直、教员李沧萍、钟应梅叩，真午。

电文中列名的李沧萍先生，事前并未与闻，事后曾发表谈话否认列名真电。所以一月十六日中山大学日报上登出《古直、钟应梅启事》，其文如次：

> 胡适出言侮辱宗国。侮辱广东三千万人。中山大学布告驱之。定其罪名为认人作父。夫认人作父。此贼子也。刑罚不加。直等以为遗憾。真日代电。所以义形于色矣。李沧萍教授同此慷慨。是以分之义。其实未尝与闻。今知其为北大出身也。则直等过矣。呜呼道真之妒。昔人所叹。自今以往。吾犹敢高谈教育教国乎。先民有言。丈夫行事当磊磊落落。特此相明。不欺其心。谨启。

古　直 启
钟应梅

这三篇很有趣的文字大可以做我的广州杂忆的尾声了。

三 广西

我们一月十一日下午飞到梧州了,在梧州住了一夜,我在广西大学讲演一次,次日在梧州中山纪念堂公开讲演一次。广西大学校长马君武先生是我的老师,校中教职员有许多是中国公学的老朋友,所以我在梧州住的一天是最快乐的。大学在梧州的对岸,中间是抚河(漓水),南面是西江。我们到的太晚了,晚上讲演完后,在老同学谢厚藩先生的家里喝茶大谈,夜深过江,十二日讲演完后,吃了饭就上飞机飞南宁了,始终没有机会参观西大的校舍与设备,这就是用嘴不能用眼的害处了。

十二日下午到南宁(邕宁),见着白健生先生,潘宜之先生,邱毅吾(昌渭)先生等,都是熟人。住在乐群社,是一个新式的俱乐部,设备很好。梧州与南宁都有自来水,内地省分有两个有自来水的城市,是很难得的。白先生力劝我改船期，在广西多玩几天。我因为我的朋友贵县罗尔纲先生的夫人和儿女在香港等候我伴送他们北上，不便改期。十四日罗钧任和罗努生如约到了南宁，白健生先生又托他们力劝。白先生说，他可以实行古直先生们的"兵谏"，封锁水陆空的交通，把我扣留在广西！后来我托省政府打电报请广西省银行的香港办事处把我和罗太太一家的船票都改了二十六日的胡佛总统船。这样一改，我在广西还可住十二天，尽够畅游桂林山水了。

我在邕宁住了六天，中间和罗努生到武鸣游了一天。钧任飞去龙州玩了一天，回来极口称美龙州的山水，可惜我不曾去。我在邕宁讲演了五次。十九日飞往柳州，住在航空署，见着广西航空界的一般青年领袖。钧任、努生和我在柳州游览了半天，公开讲演一次。二十日上午飞往桂林，在桂林讲演了两次，游览了两天，把桂林附近的名胜大致游遍了。二十二日上午，我和钧任、努生、毅夫，桂林县公署的秘书曹先生，飞机师赵志雄、冯星航两先生，雇了船去游阳朔。在漓水里走了一天半，二十三日下午才到阳朔。在阳朔游览了小半天，我坐汽车赶到良丰的省立师范专科学校讲演一次。讲演后坐汽车赶回桂林，已近半夜了。

二十四日早晨从桂林起飞，本想直飞梧州，在梧州吃午饭，毅夫夫妇约了在广州北面的从化温泉吃晚饭。但那天雾太低了，我们飞过了良丰，还没到阳朔，看前面云雾低压，漓水的河身不宽而两傍山高，所以飞机师赵先生决定折回向西，飞到柳州吃午饭，饭后顺着柳江浔江飞往梧州，在梧州吃夜饭，打电报到广州去报告那些在从化等我们吃夜饭的朋友们。在梧州住了一夜，二十五日从梧州飞回广州，赶上火车，晚上赶到香港。我们在梧州打电报问明胡佛船是二十六日早晨四点钟就要开的，前一天的大雾几乎使我又赶脱了船期！

这是我在广西的行程。以下先记广西的山水。

广西的山水是一种特异的山水，南宋大诗人范成大在他的《桂海虞衡志》里说的最好：

> 余尝评桂山之奇宜为天下第一。士大夫落南者少，往往不知；而闻者亦不能信。余生东吴，而北抚辽蓟，南宅交广，西使岷峨之下，三方皆走万里，所至无不登览。……其最号奇秀莫如池之九华，歙之黄山，括之仙都，温之雁荡，夔之巫峡，此天下同称之者。然皆数峰而止耳，又在荒绝僻远之濒，非几杖间可得；且所以能拔乎其萃者，必因重冈复岭之势，盘亘而起，其发也有自来。桂之千峰，皆旁无延缘，悉自平地崛然特

立,玉笋瑶,森列无际。其怪且多如此,诚当为天下第一。……山皆中空,故峰下多佳岩洞。

范氏指出两点特色:第一是诸峰"悉自平地崛然特立,玉笋瑶,森列无际"。第二是"山皆中空,故峰下多佳岩洞"。这两点都是广西山水的特色。这样"怪而多"的山都是石灰岩,和太湖石是同类;范石湖所指出的"山多中空,故多佳岩洞",也正和太湖石的玲珑孔窍同一个道理。在飞机上望下去,只看见一簇一簇的圆锥体黑山,笋也似的矗立着,密密的排列着,使我们不能不想着一千多年前柳宗元说的名句:"桂州多灵山,发地峭竖,林立四野。"这种山峰并不限于桂林,广西全省有许多地方都有这种现象。我们在飞机上望见贵县的南山诸峰,也是这样的。武鸣的四围诸山,也是这一类。我们所游的柳州诸山,还有我们不曾去游的柳州北面融县真仙岩一带的山岩,也都和桂林、阳朔同一种类。地质学者说,这种山岩并不限于广西一省,贵州的山也属于这一类。翁文灏先生说,这种山岩,地质学家称为"喀尔斯特"山岩(Karstic),在世界上,别处也有,但广西、贵州要算全世界最大的统系了。

徐霞客记广西的山水岩洞最详细,他在广西游了一年,——从崇祯丁丑(一六三七)闰四月初八到次年三月二十七，——写游记凡八万字，即丁文江标点本（商务印书馆出版，附地图）卷四至卷七。这是三百年前的游记，我们现在读了还不能不佩服那一位千古奇人脚力之健，精力之强，眼力之深刻，与笔力之细致。我们要知道广西岩洞的奇崛与壮美，不可不读徐霞客的游记；未游者固然应该读，已游者也不可不读。因为三百年来，还没有第二个人有这样伟大的好奇心，费这样长久的时间，专搜访自然的奇迹，作么么详细的记载。他所游的，往往有志书所不载，古今人所不知，或古人偶知而久无人到又被丛莽封塞了的。所以读过徐霞客粤西游记的人，真不能不感觉我们坐汽车匆匆游山的人真不配写游记：不但我们到的地方远不如他访搜所得的地方之多，我们到过的地方，所看见的，所注意到的，也都没有他在三百年前攀藤摩挲所得的多而且详尽。

凡听说桂林山水的，无人不知道桂林的独秀峰。图画上的桂林山水，也只有独秀峰最出名。徐霞客游遍了广西的山水，只不曾登独秀峰，因为独秀峰在桂林城中，圈在靖江王府里，须先得靖江王的许可，外人始得登览。徐霞客运动王府里的和尚代为请求，从五月初四日直到六月初一日，始终不得许可，他大失望而去。《游记》中屡记此事，最后记云：

五月二十九日，入靖藩城，订独秀期，主僧词甚辽缓。予初拟再至省一登独秀，即往柳州。至此失望，怅怅。

六月初一日，讹传流寇薄衡水，藩城愈戒严，予遂无意登独秀。独秀山北面临池，西南二麓予俱已绕其下，西岩亦已再探，惟东麓与绝顶未登。其他异于他峰者，只亭阁耳。

独秀峰现在人人可以登临了。其实此峰是桂林诸峰中的最低小的，高不过一百多尺！有石级可以从山脚盘旋直上山顶，凡三百六十级，其低可想！此峰所以独享大名，也有理由。徐霞客已说过，"其异于他峰者，只亭阁耳"，现时山腰与山顶尚有小亭台可供游人休憩，是一胜。此山在城中，登山可望全城和四围山水，是二胜。诸峰多是石山，无大树木，独秀峰上稍有树木，是三胜。桂林诸大山以岩洞见奇，然而岩洞都是可游而不可入画的；独秀峰无岩洞，而娇小葱茏，有小亭阁，最便于绘画，故画家多喜画独秀，是四胜。有此四胜，就使此峰得大名！徐霞客两度到桂林，终以不得登独秀峰为憾事。我们在飞机上下望桂林附近的无数石山，几乎看不见那座小小的石丘，颇笑徐霞客的失望为大不值得！

徐霞客最称赏柳州北面融县的真仙岩，《游记》中有"真仙为天下第一"之语。可惜真仙岩我们没有去；我们游的岩洞，最大的是桂林七星山的岩洞，这岩洞一口为栖霞洞，一口为曾公岩。徐霞客从栖霞洞进去，从曾公岩出来，依他的估计，"自栖霞达曾公岩，径约二里；复自岩口出入盘旋三里"。我们从曾公岩进去，从栖霞出来，共费时五十五分钟。向导的乡人手拿火把（用纸浸煤油，插入长竹筒的一头），处处演说洞里石乳滴成的种种奇异形状："这是仙人棋盘，那是仙人种田，那是金钟对玉鼓，这是狮子对乌龟，那是摩天岭，这是观音菩萨，那是骊山老母，……"那位领袖用很清楚的桂林话一一指给我们看，说给我们听，真如数家珍。洞中有一股泉水，有些地方水声很大。洞中石乳确有许多很奇伟的形态。我们带有手电筒。又有两三盏手提汽油灯，故看得比较清楚。洞中各处皆被油灯熏黑，石壁石乳，手偶摩抚，都是煤黑。徐霞客记他来游时，向导者用松明照路。千百年中，游人用的松明烟与煤油烟，把洞壁都熏黑了。其实这种岩洞大可装设电灯，可使洞中景物都更便于赏观，行路的人可以没有颠跌的危险，也可以免除油烟熏塞的气闷。向来做向导的村人，可以稍加训练，雇作看洞和导游的人，而规定入门费与向导费。如此则游人不以游洞为苦。若如现状，则洞中幽暗，游人非多人结伴不敢进来，来者又必须雇向导，人太少又出不起这笔杂费。

曾公岩是因曾布得名。曾布在元丰初年以龙图阁待制出外，知桂州。他是一个有文学训练的政治家，在桂时，游览各岩洞，到处都有他的刻石题名，不止此一处。

七星山的岩洞，据徐霞客的几次探访搜寻，共有十五洞，他说：

> 此山岩洞骈峙：栖霞在北，下透山之东西，七星在中，曲透西北出；碧虚岩在南，以东西上透。三穴并悬，六门各异。北又有"朝雪""高峙"两岩，皆西向。此七星山西面之洞也，洞凡五。……曾公岩西又有洞在峰半，攀莽上，洞口亦东南向。……此处岩洞骈峙者亦三。曾公岩北下同列者又有二岩。……此七星山东南之洞也，洞凡五。
>
> 若北麓省春三岩，会仙一岩，旁又浅洞一，则七星北面之洞也，洞凡五。一山凡得十五洞云。

我们所游，其实只是十五洞之一！我们在洞里，固是迷不知西东，出了岩洞，还是杳不知南北。看徐霞客连日攀登，遍游诸洞，又综合记叙，条理井然，我们真不能不惭愧了！

七星山的对面就是龙隐岩，在月牙山的背后，洞的外口临江，水打沙进洞，堆积颇高，故岩上石刻题名有许多已被沙埋没了。龙隐岩很通敞，风景很美。岩外摩崖石刻甚多，有狄青等"平蛮三将题名"碑，字迹完好。

龙隐岩往西，不甚远，有小屋，我们敲门进去，有道士住在里面。此屋无后墙，靠山崖架屋，崖上石刻题记甚多，那最有名的《元祐党籍碑》即在此屋后。我久想见此碑，今日始偿此愿。元祐党籍立于徽宗崇宁元年（一一〇二），最初只有九十八人，那是真正元祐（一〇八六——一〇九三）反新法的领袖人物。徽宗皇帝亲写党籍，刻于端礼门；后来又令御史台抄录元祐党籍姓名"下外路州军，于监司门吏厅，立石刊记"。到崇宁三年（一一〇四）六月，又把元符末（一一〇〇）和建中靖国（一一〇一）年间的"奸党"和"上书诋讥"诸人一齐"通入元祐籍，更不分三等"（三等是原分"邪上尤甚""邪上""邪中"各等）。这个新合并的党籍，共有三百九十人，刻石朝堂。此碑到崇宁五年正月，因彗星出现，徽宗下诏毁碑，"如外处有奸党石刻，亦令除毁"。除毁之后，各地即无有此碑石刻。现今只有广西有两处摩崖刻本，一本在融县的真仙岩，刻于嘉定辛未（一二一一）；一本即是桂林龙隐岩附近的摩崖，刻于庆元戊午（一一九八）；这两本都是南宋翻刻的。桂林此本乃是用蔡京写刻拓本翻刻，故字迹秀挺可爱。

两本都是三百九十人，已不是真正元祐党籍了，其中如章惇，曾布，陆佃等人，都是王安石新法时代的领袖人物，后来时势翻覆，也都列名奸党籍内，和司马光、吕公著诸人做了同榜！

广西的岩洞内外，有唐宋元明的名人题名石刻甚多。石灰岩坚固耐久，历千百年尚多保存很完整的。如舜山的摩崖《舜庙碑》，是唐建中元年（七八〇）韩云卿所立，距今已一千一百五十五年了。又如我们从栖霞洞下山，路旁崖上有范成大题名，又有张孝祥题名，这都是南宋大文人，现在都在路旁茅草里，没有人注意。此类古代名人题记，往往可供历史考据，其手书石刻更可供考证字画题跋者的参考比较。广西现有博物馆，设在南宁。我们盼望馆中诸公能作系统的搜访，将各地的古石刻都拓印编纂，将来可以编成一部"广西石刻文字"，其中定有不少历史的材料。

舜山有洞，名韶音洞，虽不甚深，而风景清幽，洞中有张栻（南轩）的《韶音洞记》石刻，字小，已不能全读了。洞前有庙，我们登楼小坐，前有清流，远望桂林诸山，在晚照中气象很雄伟。

城中人士常游的为象鼻山，伏波山，独秀峰，风洞山。其中以风洞山的风景为最胜。风洞山有北洞，虽曲折而多开敞之处，空气流通，多凉风，故名风凉，有小亭阁，下瞰江水,夏日多游人在此吃茶乘凉。

广西人说:"桂林山水甲天下,阳朔山水甲桂林。"我们游了桂林,决定坐船去游阳朔。一路上饱看漓水(抚河)的山水,但是因为我要赶香港船期,所以到了阳朔,只有几个钟头可以游览了。在小雨里,我们坐汽车到青厄渡,过渡后,下车泛览阳朔诸峰,仅仅能看一个大概。阳朔诸山也都是石山,重重叠叠,有作牛角双尖的,有似绝大石柱上半截被打断了的,有似大礼拜寺的,有似大石龟昂头向天的。远望去,重峰列岫,行列凌乱,在轻烟笼罩中,气象确是很奇伟。桂林诸山稍稍分散,阳朔诸山紧凑在江上;桂林诸山都无树木,此间颇有几处山上有大树木,故比较更秀丽。

但我们实在有点辜负了阳朔的山水,我们把时间用在船上了,到了这里只能坐汽车看山,未免使山水笑人。大概我们误会了"阳朔山水必须用船去游"的意思。我后来看徐霞客的游记,始知阳朔诸山都可以用船去细细游览。我们若再来,可以坐汽车到阳朔,然后雇船去从容游山。阳朔诸山也多洞岩,徐霞客所记龙洞岩,珠明洞,来仙洞,都令人神往;其中珠明洞凡有八门,最奇伟。我们没有攀登一处的岩洞,颇失望。

但我们这回坐船游阳朔,也有很好的收获。《徐霞客游记》里没有提到"光岩",我们却有半夜游光岩的豪举。光岩是刘毅夫先生前年发现的,所以他力劝我们坐船游阳朔,一半也是为了要游光岩。船到光岩时,已半夜了,我们都睡了。毅夫先生上岸去,先雇竹筏进去探看,出来时他把竹筏火把都准备好了,然后把我们都从睡梦里轰起来,跟他去游洞。光岩口洞临江,洞甚空敞,洞里石乳甚多而奇,有明朝游人石刻甚多。毅夫前年曾探此洞,偶见洞后水面上还有小洞,洞口很低,离水面不过两三尺;毅夫想出法子来,用竹排子撑进去探险,须全身弯倒始能进去。进去后,他发现里面还有很奇的岩洞,为向来游人所未曾到过。所以他很高兴,在第一洞石壁上题字指示游人深入探奇。今夜他带领我们进洞口,石壁上他的墨笔题记还如新的。我们一班人分坐三个竹排子,排子上平铺着大火把,大家低头弯腰,进入第二洞。里面共有三层大洞,都很高大,有种种奇形的石乳。最后一洞内有石乳作荷藕形,凡八九节,须节都全,绝像真藕,每一洞内都有沙涨成滩,都是江水打进来的。每过一洞口,都须低头用手攀住上面岩石,有时撑船〔排〕的人都下水去用手推竹排子。第二洞以后,石壁上全无前人题刻,大概古人都不知有这些幽境。毅夫为游此洞,在桂林特别买了一个价值十七元的大电筒,每进一洞,他用大电筒指示各种石乳给我们看。他说,最后一洞的顶上有三个小洞透入光线,也许"光岩"之名是从那里来的。晚间我们当然看不见那三处透光的小洞。但我想里洞既非前人所熟知,光岩之名未必起于这透光的小孔,大概因前洞高敞通明,故得光岩之名。此洞之发现,毅夫之功最多,最后一洞大可以题作"沛泉洞"（毅夫名沛泉）。毅夫说,此洞颇像浙西金华的双龙洞。

徐霞客记他从阳朔回桂林的途中,"舟过水绿村北七里,西岸一岩,门甚高敞,东向临江,前垂石成龙,曰蛟头岩",其地在兴平之南约三里,不知即是光岩否。

漓水的一日半旅程,还有一件事足记。船上有桂林女子能唱柳州山歌,我用铅笔记下来,有听不明白的字句,请同行的桂林县署曹文泉科长给我解释。我记了三十多首,其中有些是绝妙的民歌。我抄几首最可爱的在这里：

一

燕子飞高又飞低,两脚落地口衔泥。
我俩二人先讲过,贫穷落难莫分离。

二

石榴开花叶子青,哥哥年大妹年轻。
妹子年轻不懂事,哥哥拿去耐烦心。

三

大海中间一枝梅,根稳不怕水来推。
我们连双先讲过,莫怕旁人说是非。

四

如今世界好不难！井水不挑不得干。

竹子搭桥哥也过，妹妹跌死也心甘。

五

高山高岭一根藤，藤上开花十九层。

你要看花尽你看，你要摘花万不能。

六

要吃笋子三月三，要吃甜藕等塘干。

要吃大鱼长放线，想连小妹耐得烦。

七

买米要买一斩白，连双要连好脚色。

十字街头背锁链，旁人取笑也抵得。

八

妹莫愁来妹莫愁，还有好日在后头。

金盆打水妹洗脸，象牙梳子妹梳头。

九

大塘干了十八年，荷叶烂了藕也甜。

刀切藕断丝不断，同心转意在来年。

我们在柳州的时间太短，只游了几次名胜之地。柳州城三面是江，我们在飞机上看柳江从西北来，绕城一周，往东北去。空中望那有名的立鱼山，真有点像个立鱼。那天下午，我们去游立鱼山，有岩洞很玲珑，我们匆匆不曾遍游。傍晚我们去游罗池柳宗元祠堂，有苏东坡写的韩退之《罗池庙碑》的迎享送神辞大字石刻。退之原辞石刻有"春与猿吟兮秋鹤与飞"一句，颇引起后人讨论。今东坡写本此句直作"春与猿吟兮秋与鹤飞"，此当是东坡从欧阳永叔之说，以"秋鹤与飞"为石刻之误，故改正了。石刻原碑也往往可以有错误，其误多由于写碑者的不谨慎。《罗池庙碑》原刻本有误字后经刊正，见于《东雅堂韩集校语》。后人据石本，硬指"秋鹤与飞"为有意作倒装健语，似未必是退之本意。

我们从阳朔回桂林时，路上经过良丰的师范专科学校，我在那边讲演一次。其地原名雁山，也是一座石山，岩壑甚美。清咸丰、同治之间，桂林人唐岳买山筑墙，把整个雁山围在园里，名为雁山园。后来园归岑春煊，岑又转送给省政府，今称为西林公园，用作师专校址。现有学生二百三十人。我们到时，天已黑了；讲演完始吃晚饭，晚饭后，校长罗尔棻先生和各位教员陪我们携汽油灯游雁山。岩洞颇大，中有泉水，流出岩外成小湖。洞中多凉风，夏间乘凉最宜。洞中多石乳，洞口上方有石乳所成龙骨形，颇奇突。园中旧有花树三千种,屡次驻兵,花树多荒死,现只存几百种了。有绿萼梅,正开花,灯光下奇艳逼人。校中诸君又引我们去看红豆树,树高约两丈余。教员沈君说,这株红豆树往往三年才结子一次。沈君藏有红豆,拿来遍赠我们几个同游的人。红豆大于檀香山的相思子约一倍,生在豆荚里,荚长约一寸半。

游岩洞时,我问此岩何名,他们说,"向来没有岩石,胡先生何不为此岩取一个名字,作个纪念?"我笑说,"此去不远有条相思江,岩下又有相思红豆树,何不就叫他做相思岩?"他们都赞许这个名字。次日我在飞机上想起这个相思岩来,就戏仿前夜听得的山歌,作小诗寄题"相思岩":

相思江上相思岩。

相思岩下相思豆。

三年结子不嫌迟。

一夜相思叫人瘦。

这究竟是文人的山歌,远不如小儿女唱的道地山歌的朴素而新鲜。

那天我在空中又作了一首小诗,题为"飞行小赞":

看尽柳州山,

看遍桂林山水,

天上不须半日,

地上五千里。

古人辛苦学神仙,

要守百千戒。

看我不修不炼,

也凌云无碍。

四　广西的印象

这一年中，游历广西的人发表的记载和言论都很多，都很赞美广西的建设成绩。例如美国传教家艾迪博士（Sher wood Eddy）用英文发表短文说，"中国各省之中，只有广西一省可以称为近于模范省。凡爱国而具有国家的眼光的中国人，必然感觉广西是他们的光荣。"这是很倾倒的赞语。艾迪是一个见闻颇广的人，他虽是传教家，颇能欣赏苏俄的建设成绩，可见他的公道。他说话也很不客气，他在广州作公开讲演，就很明白的赞美广西，而大骂广东政治的贪污。所以他对于广西的赞语是很诚心的。

我在广西住了近两星期，时间不算短了，只可惜广西的朋友要我缴纳特别加重的"买路钱"，——讲演的时间太多，观察的时间太少了，所以我的记载是简单的，我的印象也是浮泛的。

广西给我的第一个印象是全省没有迷信的，恋古的反动空气。广州城里所见的读经，祀孔，祀关岳，修寺，造塔，等等中世空气，在广西境内全没有了。当西南政务会议的祀孔通令送到南宁时，白健生先生笑对他的同僚说："我们的孔庙早已移作别用了，我们要祀孔，还得造个新孔庙！"

广西全省的庙宇都移作别用了，神像大都打毁了。白健生先生有一天谈起他在桂林（旧省会）打毁城隍庙的故事，值得记在这里。桂林的城隍庙是最得人民崇信的。白健生先生毁庙的令下来之后，地方人民开会推举了许多绅士去求白先生的老太太，请她劝阻她的儿子；他们说："桂林的城隍庙最有灵应，若被毁了，地方人民必蒙其祸殃。"白老太太对她儿子说了，白先生来对各位绅士说："你们不要怕，人民也不用害怕。我可以出一张告示贴在城隍庙墙上，声明如有灾殃，完全由我白崇禧一人承当，与人民无干。你们可以放心了吗？"绅士们满意了。告示贴出去了。毁庙要执行了。奉令的营长派一个连长去执行，连长叫排长去执行，排长不敢再往下推了，只好到庙里去烧香祷告，说明这是上命差遣，概不由己，祷告已毕，才敢动手打毁神像！省城隍庙尚且不免打毁，其余的庙宇更不能免了。

我们在广西各地旅行，没有看见什么地方有人烧香拜神的。人民都忙于做工，教育也比较普遍，神权的迷信当然不占重要地位了，庙宇里既没有神像，烧香的风气当然不能发达了。

在这个破除神权迷信的风气里，只有一个人享受一点特殊的优容。那个人就是总部参军季雨农先生。季先生是合肥人，能打拳，为人豪爽任侠；当民国十六年，张宗昌部下的兵攻合肥，他用乡兵守御县城甚久。李德邻先生带兵去解了合肥之围，他很赏识这个怪人，就要他跟去革命。季先生是有田地的富人，感于义气，就跟李德邻先生走了。后来李德邻、白健生两先生都很得他的力，所以他在广西很受敬礼。这位季参军颇敬礼神佛，他无事时爱游山水，凡有好山水岩洞之处，若道路不方便，他每每出钱雇人修路造桥。武鸣附近的起凤山亭屋就是他修复的。因为他信神佛，他每每在这种旧有神祠的地方，叫人塑几个小小的神佛像，大都不过一尺来高的土偶，粗劣的好笑。他和我们去游览，每到一处有神像之处，他总立正鞠躬，同行的人笑着对我说："这都是季参军的菩萨！"听说柳州立鱼山上的小佛像也是季参军保护的菩萨。广西的神权是打倒了，只有一位安徽人保护之下，还留下了几十个小小的神像。

广西给我的第二个印象是俭朴的风气。一进了广西境内，到处都是所谓"灰布化"。学校的学生，教职员，校长；文武官吏，兵士，民团，都穿灰布的制服，戴灰布的帽子，穿有钮扣的黑布鞋子。这种灰布是本省出的，每套制服连帽子不过四元多钱。一年四季多可以穿，天气冷时，里面可加衬衣；更冷时可以穿灰布棉大衣。上至省主席总司令，下至中学生和普通兵士，一律都穿灰布制服，不同的只在军人绑腿，而文人不绑腿。这种制服的推行，可以省去服装上的绝大糜费。广西人的鞋子，尤可供全国的效法。中国鞋子的最大缺点在于鞋身太浅，又无钮扣，所以鞋子稍旧了，就太宽了，后跟收不紧，就不起步了。广西布鞋学女鞋的办法，加一条扣带，扣在一边，所以鞋子无论新旧，都是便于跑路爬山。

广西全省的对外贸易也有很大的入超。提倡俭朴，提倡用土货，都是挽救入超的最有效方法。在衣服的方面，全省的灰布化可以抵制多少洋布与呢绸的输入！在饮食嗜好方面，洋货用的也很少。吸纸烟的人很少，吸的也都是低价的烟卷，最高贵的是美丽牌。喝酒的也似乎不多，喝的多是本省土酒。有一天晚上，邕宁各学术团体请我吃西餐，——我在广西十四天，只有此一次吃西餐，——我看见侍者把啤酒斟在小葡萄酒杯里，席上三四十人，一瓶啤酒还倒不完，因为啤酒有汽，是斟不满杯的。终席只有一大瓶啤酒就可斟两三巡了。我心里暗笑广西人不懂怎样喝啤酒。后来我偶然问得上海啤酒在邕宁卖一元六角钱一瓶！我才明白这样珍贵的酒应该用小酒杯斟的了。我们在广西旅行，使我们更明白：提倡俭朴，提倡土货，都是积极救国的大事，不是细小的消极行为。

广西是一个贫穷的省份；不容易担负新式的建设。所以主持建设的领袖更应该注意到人民的经济负担的能力。即如教育，岂不是好事？但办教育的人和视学的人眼光一错，动机一错，注重之点若在堂皇的校舍，冬夏之操衣等等，那样的教育在内地就都可以害人扰民了。我们在邕宁、武鸣各地的乡间看见小学堂的学生差不多全是穿着极破烂的衣裤，脚下多是赤脚，偶有穿鞋，也是穿破烂的鞋子。固然广西的冬天不大冷，所以无窗户可遮风的破庙，也不妨用作校舍，赤脚更是平常的事。然而我们在邕宁的时候，稍有阴雨，也就使人觉得寒冷（此地有"四时常是夏，一雨便成秋"的古话）。乡间小学生的褴褛赤脚，正可以表示广西办学的人的俭朴风气。我在邕宁乡间看的那个小学还是"广西普及国民基础教育研究院"的一个附属小学哩。广西教育厅长雷沛鸿先生正在进行全省普及教育的计划，请了几位专家在研究院里研究实行的步骤和国民基础教育的内容。他们的计划大旨是要做到全省每村至少有一个国民基础学校，要使八岁到十二岁的儿童都能受两年的基础教育。我看了那些破衣赤脚的小学生，很相信广西的普及教育是容易成功的。这种的学堂是广西人民负担得起的,这样的学生是能回到农村生活里去的。

广西给我的第三个印象是治安。广西全省现在只有十七团兵,连兵官共有两万人,可算是真能裁兵的了。但全省无盗匪,人民真能享治安的幸福。我们作长途旅行,半夜后在最荒凉的江岸边泊船,打起火把来游岩洞,惊起茅蓬里的贫民,但船家客人都不感觉一毫危险。汽车路上,有山坡之处,往往可见一个灰布少年,拿着枪杆,站在山上守卫。这不是军士,只是民团的团员在那儿担任守卫的义务。

广西本来颇多匪祸,全省岩洞最多,最容易窝藏盗匪。有人对我说,广西人从前种田的要背着枪下田,牧牛的要背着枪赶牛。近年盗匪肃清,最大原因在于政治清明,县长不敢不认真作事,民团的组织又能达到农村,保甲的制度可以实行,清乡的工作就容易了。人民的比较优秀分子又往往受过军事的训练,政府把旧式枪械发给兵团,人民有了组织,又有武器,所以有自卫的能力。广西诸领袖常说他们的"三自政策"——自卫,自给,自治。现在至少可以说是已做到了人民自卫的一层。我们所见的广西的治安,大部分是建筑在人民的自卫力之上的。

在这里,我可以连带提到广西给我的第四个印象,那就是武化的精神。我用"武化"一个名词,不是讥讽广西,实是颂扬广西。我的朋友傅孟真先生曾说,"学西洋的文明不难,最难学的是西洋的野蛮"。他的意思是说,学西洋文化不难,学西洋的武化最难。我们中国人聪明才智足够使我们学会西洋的文明,但我们的传统的旧习惯,旧礼教,都使我们不能在短时期内学会西洋人的尚武风气。西洋民族所到的地方,个个国家都认识他们的武力的优越,然而那无数国家之中,只有一个日本学会了西洋的武化,其余的国家——从红海到太平洋——没有一个学会了这个最令人歆羡而又最不易学的方面。然而学不会西洋武化的国家,也没有工夫来好好的学习西洋的文化,因为他们没有自卫力,所以时时在救亡图存的危机中,文化的努力是不容易生效力的。

中国想学人家的武化(强兵),如今已不止六十年了,始终没有学到家。这是很容易解释的。中国本是一个受八股文人统治的国家,根本就有贱视武化的风气,所以当日倡办武备学堂和军官学校的大臣,决不肯把他们自己的子弟送进去学武备。日本所以容易学会西洋的武化,正因为武士在封建的日本原是地位最高的一个阶级。在中国,尽管有歌颂绿林好汉的小说,当兵却是社会最贱视的职业,比做绿林强盗还低一级!在这种心理没有转变过来的时候,武化是学不会的。

在最近十年中，这种心理才有点转变了。转变的原因是颇复杂的：第一是新式教育渐渐收效了，"壮健"渐渐成为人们羡慕的对象了，运动场上的好汉也渐渐被社会崇拜了。第二是辛亥革命以来中央各省的政权往往落在军人手里，军人的地位抬高了。第三是民十四五年之间，革命军队有了主义的宣传，多有青年学生的热心参加，使青年人对于"革命军人"发生信仰与崇美。第四是最近四年的国难，尤其是淞沪之战与长城之战，使青年人都感觉武装捍卫国家是一种最光荣的事业。——这里最后的两个原因，是上文所说的心理转变的最重要原因。军人的可羡慕，不在乎他们的地位之高或权威之大，而在乎他们的能为国家出死力，为主义出死力。这才是心理转变的真正起点。

可惜这种心理转变来的太缓，太晚，所以我们至今还不曾做到武化，还不曾做到民族国家的自卫力量。但在全国各省之中，广西一省似乎是个例外。我们在广西旅行，不能不感觉到广西人民的武化精神确是比别省人民高的多，普遍的多。这不仅仅是全省灰布制服给我们的印象，也不仅仅是民团制度给我们的印象。我想这里的原因，一部分是历史的，一部分是人为的。一是因为广西民族中有苗、猺、獞、狑、猓猓（今日官书均改写*猺，僮，侗，伶，果果*）诸原种，富有强悍的生活力，而受汉族柔弱文化的恶影响较少。（广西没有邹鲁校长和古直主任，所以我这句话是不会引起广西朋友的误会的。）一是因为太平天国的威风至今还存留在广西人的传说里。一是因为广西在近世史上颇有受民众崇拜的武将，如刘永福，冯子材之流，而没有特别出色的文人，所以民间还不曾有重文轻武的风气。一是因为在最近的革命战史上，广西的军队和他们的领袖曾立大功，得大名，这种荣誉至今还存在民间。一是因为最近十年中，全省虽然屡次经过大乱，收拾整顿的工作都是几个很有能力的军事领袖主持的，在全省人民的心目中，他们是很受崇敬的。——因为这种种原因，广西的武化，似乎比别省特别容易收效。我到邕宁的时候，还在"新年"时期，白健生先生邀我到公共体育场去看"舞狮子"的竞赛。狮子有九队，都是本地公务人员和商人组织的。舞狮子之外，还有各种武术比赛，参加的有不少的女学生，有打拳的，有舞刀的。利用"过年"来提倡尚武的精神，也是广西武化的一种表示。至于民团训练的成绩是大家知道的。去年萧克西窜，广西派出剿御的军队只有六团是省军，其余都是民团，结果是把萧克主力差不多打完了。去冬朱毛西窜，广西派出的省军作战的只有十一团，民团加入的有十五联队，共约二万人，结果是朱毛大败而逃，死的三千多，俘虏的七千多。广西学校里的军事训练，施行比别省早，成绩也比别省好。在学校里，不但学生要受军训，校长教职员也要受军训,所以学校里的"大队长"的地位与权力往往比校长高的多。中央颁布的兵役法,至今未能实行,广西却已在实行了;去冬剿共之后,军队需要补充,省府实行征兵八千名,居然如期满额。若在江南各省,能做到这样的成绩吗?广西征兵之法是预先在各地宣传国民服兵役的重要和光荣;由政府派定各区应抽出壮丁的比例,例如某村有壮丁百人,应征二十分之一,村长(即小学校长,即后备队队长)即召集这一百壮丁,问谁愿应征;若愿去者满五人,即已足额;若不足五人,即用抽签法决定谁先去应征。这次征来的新兵,我们在桂林遇见一些,都是很活泼高兴的少年,有进过中学一两年的,有高小毕业的。在那独秀峰最高亭子上的晚照里,我们看那些活泼可爱的灰布青年在那儿自由眺望,自由谈论,我们真不胜感叹国家民族争生存的一线希望是在这一辈武化青年的身上了!

广西给我的印象,大致是很好的。但是广西也有一些可以使我们代为焦虑的地方。

第一,财政的困难是很明显的。广西是个地瘠民贫的地方,担负那种种急进的新建设,是很吃力的。据第一回广西年鉴的报告,二十二年度的全省总收入五千万元之中,百分之三十五有零是"禁烟罚金",这是烟土过境的税收。这种收入是不可靠的；将来贵州或不种烟了，或出境改道了，都可以大影响到广西省库的收入。同年度总支出五千二百万元之中，百分之四十是军务费，这在一个贫瘠的省分是很可惊的数字。万一收入骤减了，这样巨大的军务费是不是能跟着大减呢？还是裁减建设经费呢？还是增加人民负担呢？

第二，历史的关系使广西处于一个颇为难的政治局势，成为所谓"西南"的一部分。这个政治局势，无论对内对外都是很为难的。我们深信李德邻、白健生诸先生的国家思想是很可以依赖的，他们也曾郑重宣言他们绝无用武力向省外发展的思想。白先生曾对我说："当我们打散萧克军队之后，贵州人要求我们的军队驻扎贵州，我们还不肯留。我们决不会打别省的主意。"这是我们可以相信的。但我们总觉得两广现在所处的局势，实在不能适应现时中国的国难局面。现在国人要求的是统一，而敌人所渴望的是我们的分裂。凡不能实心助成国家的统一的，总不免有为敌人所快意的嫌疑。况且这个独立的形势，使两广时时感觉有对内自保的必要，因此军备就不能减缩，而军费就不能不扩张。这种事实，既非国家之福，又岂是两广自身之福吗？

第三，我们深信，凡有为的政治，——所谓建设——全靠得人与否。建设必须有专家的计划，与专家的执行。计划不得当，则伤财劳民而无所成。执行不得当，则虽有良法美意，终归于失败。广西的几位领袖的道德，操守，勤劳，都是我们绝对信任的。但我们观察广西的各种新建设，不能不感觉这里还缺乏一个专家的"智囊团"做设计的参谋本部；更缺乏无数多方面的科学人才做实行计划的工作人员。最有希望的事业似乎是兽医事业，这是因为主持的美国罗铎（Rodier）先生是一位在菲律宾创办兽医事业多年并且有大成效的专家。我们看他带来的几位菲律宾专家助手，或在试种畜牧的草料，或在试验畜种，或在帮助训练工作人员，我们应该可以明白一种大规模的建设事业是需要大队专家的合作的，是需要精密的设备的，是需要长时期的研究与试验的，是需要训练多数的工作人员的。然而邕宁人士的议论已颇嫌罗铎的工作用钱太多了，费时太久了，用外国人太多了，太专断不受商量了。"求治太急"的毛病，在政治上固然应该避免，在科学工艺的建设上格外应该避免。我在邕宁的公务人员的讲演会上，曾讲一次"元祐党人碑"，指出王荆公的有为未必全是，而司马温公诸人的主张无为未必全非。有为的政治有两个必要的条件：一是物质的条件，如交通等等；一是人才的条件，所谓人才，不仅是廉洁有操守的正人而已，还须要有权威的专家，能设计能执行的专家。这种条件若不具备，有为的政治是往往有错误或失败的危险的。

五　尾声

一月二十六日早晨，胡佛总统船开了。我在船上无事，读了但怒刚先生送我的一册粤讴。船上遇着何克之先生，下午我到他房里去闲谈。见他正在做黄花冈凭吊的诗。我一时高兴，就用我从粤讴里学来的广州话写了一首诗。后来到了上海，南京，我把这首诗写出请几位广东朋友改正。改定本是这样的：

黄花冈

黄花冈上自由神，

手揸火把照乜人？

咪话火把唔够猛，

睇佢渠吓倒大将军。

我题桂林良丰的《相思岩》山歌，已记在前面了。后来我的朋友寿生先生看见了这首山歌，他说它不合山歌的音节，不适宜于歌唱。他替我修改成这个样子：

相思江上相思岩，
相思豆儿靠岩栽，
（他）三年结子不嫌晚，
（我）一夜相思也难挨。

寿生先生生长贵州，能唱山歌，这一只我也听他唱过，确是哀婉好听。我谢谢他的好意。

二十四，八，十二

附录　粤桂写影

胡政之

一　广西的一般观察

从广东到广西,最易叫人感觉到的便是广东富而广西贫,广东大而广西小,他们因为贫,所以上下一致,埋头苦干;因为小,所以官民合衷,情感融合。又因为自知其为贫而小,所以当局的人们,非常虚衷谦抑,很欢迎外省人士的合作与批评,办事虽然带一点"土气",然而诚实有朝气,是在任何地方没有如此普遍的。广西除军队多由桂省人士统带之外,其政治教育各方面,皆看得出外省人的活动。就拿第四集团军的重要僚橡说,政训处长潘宜之先生是湖北人,秘书处长邱毅吾(昌渭)先生是湖南人,顾问王吉占(恒)先生是江西人,朱佛定(文辅)先生是江苏人,他们和本省人都非常水乳。广西中学校最缺乏英数理化的教员，尤其欢迎外省人在那里当中学教员，月薪可得一百四十元，较在政界当差为优，而且地位稳固，因为教员都受省府委任，不随校长为进退。广西最好的现象是官民打成一片。从梧州到柳州桂林，随时随地都看得出上下协和，军政民团结一致的精神。广西却可说是"共苦均贫"，这是广西上下融洽的原动力。美国艾迪博士前月在广西视察，认为非常满意，他有一篇文章，叙述感想，中有一段说道："若杂处民间而随处可闻人民讴歌官吏之德政者，我惟于广西一省见之。"人民之言曰："吾省之官吏皆努力而诚实，其中多有一贫似吾辈者，彼等绝无赌博浪费贪污等弊，且早眠早起，清晨七点半即在办公室矣。"这些话都是事实。

广西是李（宗仁）白（崇禧）黄（旭初）三人合治。李以宽仁胜，涵盖量最大，白以精干胜，办事力最强，黄则绵密而果毅，处分政务事务，极有条理。要拿军事地位作譬，李当然是位总司令，白可称为前敌总指挥，黄则坐镇后方，保持着能进能退的坚实地位，这是广西最大特色。因为他们三个领袖皆能利用各人所长来以身作则，把勤俭朴质，刻苦耐劳的风气树立起来，传播到全省，于是地方虽小虽贫，而无游民，无乞丐。广西向来多匪，山深林密，素号难治，现在却做到夜不闭户，路不拾遗。我本意想从桂林到全州，过黄沙河，经湘南永州祁阳转长沙汉口北旋。因为连天大雨，汽车到了大路江口。水涨桥折，不能到达湘边。不得已折回桂林，再往柳州，迄夜晚九时方始到柳。第二天上午四点便起身上车，当晚九时赶到梧州。这两天驶行将近三千里的汽车路，以孤车在黑暗中翻山越岭，如履坦途，非治安特别良好，何敢如此冒险？所以然者，有精诚合作的好领袖，才能有安分守法的好人民，广西的特长，不在什么物质建设，实在这点苦干实干的真精神。我们再看：农村复兴，可算是近年中国的时髦口号；然而真正深入民间，唤起民众，从而组织之者，广西要算效率最佳的了。这因为在别省或者仅由学者鼓吹，或者只得局部实验，惟独广西，合军政两署的努力，在自卫自治自养三位一体的口号之下，调练民团，编制村甲，依政治的力量，硬把农村建设起来，我旅行所经，看见许多乡村，辟有乡村公路，设有公共苗圃，整洁而肃穆，足为改革力量达到下层的表征。如能循序渐进，再得三五年继续不断的工作，一定有更好的成绩。

广西的民团组织和国民教育，都另外有他的一套办法，容当另节介绍。此处我所愿特别指出者，第一是在上的人以身作则，不言而行的美德。他们不但自己努力向上，为民表率，并且设法表扬若干本省的先辈名人，鼓舞后人景仰，如刘永福，冯子材，甚至岑春煊，陆荣廷之类，把像片悬挂各公共场所,引起一般民众崇拜名贤爱国爱乡的心理,这都是振作群众精神的一种方法;第二便是弥漫社会的一团朝气。例如他们因为要训练民团,于是严格施行公务员的军训,省政府厅长委员年在四十五岁以上的人们,照章本可豁免,但是他们仍然自愿与青年们同样出操,以资民众矜式。又如在他处地方,天甫微明,一定行人稀少,广西却是上午五时,便已行人载途。广西政界虽然薪俸很薄,但因应酬甚少,无有浪费,家家都有贫而乐的气象,尤其在旧历新年中间,虽在深山穷谷,到处都有熙来攘往的光景。桂省军政人员,自总司令省主席起,人人都着五元毫洋一套的制服,我在南宁,白健生先生请我在他私宅去看剿共电影,得窥他的私生活,其简单朴实,比我辈穷书生有过之无不及,这实在是广西改革政治易于推行的一大原因。他们一般皆没有嗜好,公娼虽有,指定在特别地方营生,公务员概不许游荡;政府虽赖贵州过境的鸦片特税挹注,人民却不许吸烟。纸烟最上等的仅抽美丽牌,娱乐则象棋为最流行,此外别无消耗精神金钱的工具。

广西社会还有一大特色,就是妇女都是从事生产工作,与他处之游惰放纵者完全不同。她们不但能够种地饲畜,还能肩挑背负。我们乘车在深山中疾驶,常能遇见青年妇女,挑负重载,独身行走;甚至大腹孕妇,还可背负幼儿,肩承重担，行无所事。这等情形，不特江南少见，即在北方也很稀奇。桂省当局因为要矫正城市妇女官员眷属游惰荒嬉之习，特别在武鸣桂林等处，设立女子工读学校，招收僚佐妻女，入校读书习艺，一方减轻男子负担，一方免除打牌应酬恶习，此亦惟在广西环境乃能办到耳。广西山水，著名古今，但是不以伟大胜，而以峭拔显，其民族性亦然，多有矫矫不群不受羁勒的气慨。近代太平天国革命，主力多赖广西人士。即最近数年，广西迭遭外省军队侵入，结局悉被打出；盖因桂人有宁肯入山为盗，不肯屈服于人的气质，而山岭重重，易守难攻，尤占地利。我们只要认明此点，就可以判断广西将来的前途，而该省富于农产森林之利，宜于农而不宜于工商，更为该省政治上难期发展的铁证。桂省当轴屡向记者声明，志在修明省政，敬恭桑梓，但求能保和平，壹意亲仁善邻，按之环境，舍此本也别无可走的途径，所以广西在中国大局上，实在没有什么危险性。

二 广西的政事与军事

广西久已实行军民分治，习惯上从无军人干预民政之事，亦从来不发生军队长官向地方提款之举。一切军费，仍须按照预算，向省政府财政厅支领，此种秩序，实广西军人领袖手造之。省政府的组织,较他省为简单。主席之下,只有民财教三厅,此外有经济委员会,卫生委员会,统计局,工商局。两局局长由闽人杨绰庵君担任,干练能办事,全省许多大事,都能拿数字列表指示,该局编有广西年鉴一书,很有参考价值。广西诸事从俭,新式建筑绝无仅有,省政府却是新修的,因为要适合于合署办公,所以不惜公帑建造。从去年一月一日起已经实行合署。主席黄旭初先生每天从上午八时一定到公事房,各厅厅长办公室,非常之小,室外是秘书科长的办公室;此外科员们占用二三间大厅不等。都是一人一桌一凳,女职员颇不在少,到处是静肃无声。各厅不能直接收发文件,一概由省府总收总发。省府设有总务处,下设庶务会计和档案保管的机关,最好是物品保管处,无论何厅处需要东西,全向保管处领取。庶务采办物品,也交保管处收领后,会计方能发价。保管处所用单据簿册,很是完全,虽一张信纸一个信封,也要登记。每天用纸若干,全须列表送长官核阅,其组织和新式商业公司相仿。条理明晰,手续清楚,实为历来公务机关所罕见。据他们的比较表看来,合署以前和合署以后,浮费之节省,公文之减小,确有成效。他们全部一府三厅以及各委员会人员,不过六百人,也不能算多。

他们的行政设施,完全根据二十三年三月二十七日党政

军联席会议通过的"广西建设纲领"办理。据说是最低的原则,所以并非空立的宣传,而是实际的指针,兹为介绍如下:

政治建设:(一)整齐国家民族社会力量,由地方行政集团的建设,以为复兴民族之基础。(二)以现行民团制度,组织民众,训练民众,养成人民自卫自给自治能力,以树立真正民主政治之基础。(三)树立廉洁贤明政治,肃清贪官污吏,制裁土豪劣绅,以保障人民生命财产自由。(四)以量入为出为标准,厉行预算决算制度,并严禁苛细捐税。(五)整饬行政组织,以提高行政效能。(六)厉行考试铨叙制度并确定公务人员之保障。

经济建设:(七)实施统制经济,发展国家资本。(八)在统制经济政策下,保障民族资本,奖励私人投资。(九)用累进税率,征收所得税,营业税及遗产税。(十)施行社会政策,依法保障农工利益,消弭阶级斗争。(十一)整理土地,奖励垦荒,振兴水利,以发展农村经济。(十二)推行合作事业,并兴办农民银行,严禁一切高利贷。(十三)筹措资金,革新旧式农业,振兴与农业相适应之工业,使农工业平衡发展,以达到工业化为目的。

文化建设:(十四)提高民族意识,消弭阶级斗争,为一切教育,思想,艺术,道德,法律,风俗之最高原则,以发扬前进的民族文化。(十五)实施适应政治,经济,军事需要的教育。国民基础教育,强迫普及;中等教育,注重职业;高等教育,注重建设专门人才之养成;中等以上学校,并实施军事训练。

军事建设:(十六)改革军制,由寓兵于团,达到国民义务兵役。

省府根据以上原则,实施许多政令,最要的如:(一)县政府之下,划分区乡村甲,在城市则为区镇街甲。以百户为一甲,由各户以统及个人。区乡(镇)村(街)甲各置一长,令其组织公所;同时加紧乡村镇街干部人员及民团之训练,使民众有纪律,有组织,有团结,与政府休戚相关,连成一气。(二)现任公务人员无论荐任委任,均先铨定资格,后再按级叙用,此后县长和荐任委任人员,概须经过考试,方得任用,中小学教员亦将由省县政府检定。对于公务人员,制定服务规程,实行年功加俸。经过考试任用的人员,非有过犯呈经省政府核准,不得撤换。这些都是采用各国官吏登庸的办法,使贪污无法幸进,贤良能有保障。(三)设广西卫生委员会,计划卫生行政,划梧州南宁桂林三个卫生区,每区要设一省立医院。又为防治牛瘟起见,在南宁设一家畜保育所,聘美国兽医专家罗铎博士为所长,除治疗家畜病症外,并制造防疫血清,推行全省,以保猪牛等类的健康,滋其繁殖。罗铎曾在菲律滨主持此类事业，极有成效，此事于农村生活，功德无量，广西此举，在中国还是破天荒，所以很得中外识者的好评。我在参观该所的时候，罗铎对我解说，备见热诚。（四）广西本是农业地方，每年可收两季，现因鉴于安南冬季种植之有利，省府极力奖励冬耕，各县办法不一，大致提倡冬耕，征工劳作，收获所得，概为村街公所学校经费。此外更奖励造林，设置乡有林及村有林，用以增加乡村公共财产。广西各地都遍种榕树，据闻系美国种，极易生长，十年后可作枕木之用云。

时贤对于地方政治，近多注重县政，然而实际上政府政令真能贯彻到县者几于绝无而仅有。广西情形却不然，不但县长不敢玩忽省令，即各区乡村甲中间也可看得出政府政令的推行。不过在广西作县长，确是太苦。他们每月起码薪水仅有一百一十元，公费才得二百元，全衙门办事不过十人八人，是以县长非常劳苦。有某县长对我说：我们在广西各县官须有三大本领，一要腿能跑，因为下乡时多，在衙日少，交通工具缺乏，到处需要步行。二是嘴会讲，因为省府政令频繁，督促綦严，非时时聚乡村甲长而告之，不能推行迅捷。三要手能写，以文字继口舌之穷。惟其如此，所以任县长者以本省人为最多，因生活程度较低，性耐劳苦也。我对广西省政，殊感其求治太急，条教太繁，每与各县人士晤谈，大都同此感想。

广西全省仅有兵队十七团，可算各省裁兵之最有成绩者，但是两次剿共，成绩甚好，尤以此次朱毛过境，被俘者确有七千多人，均经遣送闽赣等省，可见兵在精不在多之说，信而有征。广西军事重心，设在柳州，有航空处，合学校工厂为一处，规模视广州瞠乎后矣。南宁虽有一军事学校，但简陋已极，人数无多。桂省近年盛倡寓兵于团，寓将于学之说，实则现已由民团进而实施国民兵役。一切办法，多依中央颁布的兵役法执行，可为遵奉该法之第一次，因为两次剿共，省军损失不少，加以老弱退伍，需要补充，于是实行征兵八千名，先期在各处宣传国民兵役之必要，事后又令各处举行盛大的欢送新兵入伍式，居然将八千额数，如限召集，现在分置柳州南宁训练。我在南宁，曾往兵营所在地的西乡塘参观，所见新兵，都是身体健壮的农村青年，天真烂缦，煞是可爱，此项八千子弟，完全补充缺额，故桂省军队，依旧为十七团，并无增加。惟因征兵办理顺利，白健生先生对我极为自负，声言足以打破宋以来"好儿不当兵，好铁不打钉"的民众心理，深信复兴民族，于兹有望云。

三 广西民团的真相

广西民团最负盛名，也就是我到桂考察的主要目的。我到南宁后就请白健生先生让我去实地参观，并且要求和办理团务负责人员详细谈话。承他派历来主持团务的卢柏松先生陪伴我到武鸣去调查。在二月五日午前八时卢君带汽车到了旅馆，约我同往武鸣。我的朋友季雨农先生也一同前往。一路上卢君便把广西办团的经过，一一告诉于我，方知道这其间还有许多历史。大致广西办团始于民国十九年冬天，初名民团总指挥部，由当时的省主席黄绍雄任总司令，而白崇禧副之。二十年初，以白代黄，而以梁瀚嵩副之。二十一年六月因省政府组织健全，特将民团事务移交省府，设团务处主之，与秘书处并行，对外以主席名义施行，对内则对主席负责。行之颇久，最近一年，感觉以民团剿匪及军团人员的互调上，省府发号施令，不甚方便，又认为宜隶总部，是以现在省府团务处已经裁撤，而民团事务概归总司令部，此为主持团务机关变迁的经过。当初办之时，桂省方苦客军土匪滋扰，为应付环境计，令各县召集壮丁，二丁出一，五丁出二，多者每县编练四队（每队约九十人），少者一队，为常备队，专司捍卫地方。一面设警卫干部训练所，以军校学生拨入一部，另招中学生，得三百人，分派各属办团。其后感于民团之需要根本编练，乃决从查户口，编村甲，练干部从新办起。一方面普遍的编制壮丁，名为后备队，而令全省常备队集中于八区训练。其作用有三：（一）将常备队调出训练，地方无恃，可以迫其认真组织后备队。（二）打破县区界限。（三）教育整齐。一方面大规模训练干部人才。方二十年冬，常备队已有五六万人，乃停止编练，而以经费移充训练干部之用。预定四五年间练出三万人，供全省之需要，截至现在，此项人才，已有九千。方萧克朱毛等两次过境时，又尝编制特种后备队，系就已受训练者，再予两月之训练，使为官军剿匪之助力，此次朱毛受创于民团者甚重，民团之牺牲亦甚巨也。按广西现行民团条例，系二十三年十一月公布，视旧章大有差别，盖旧日所谓寓兵于团者，犹尚简单，今则民团性质，政治意味有十之七，而军事作用只十之三。缘广西之办民团，先本由乡间练起，二十二年方由李宗仁在党政军联席会提议，（一）城厢民团后备队应先行着手编练，以为乡村表率。（二）公务人员亦应受军训，以为学生受军训壮丁受团训之表率。由此以后，民团进行，日益进步，而政府对于民团之期待亦愈高。在政治方面，要他们能够自治，在经济方面，要他们能够自给，在军事方面，要他们能够自卫。试看他们最近的办法，是村长街长就是国民小学的校长，后备队的队长，可见他们是要以民团来推进一切政治经济的活动力。武鸣是南宁区民团指挥部的所在地,管辖十七县,指挥官是梁瀚嵩先生,乃桂军先进,诚笃热心,向我不厌求详地说明一切。据他们列表,南宁区壮丁共有四十二万四千五百九十人,已训练人数有六万四千一百一十一人,干部训练已毕业人数在计一千五百三十九人,正在训练中者为六百四十八人。此项干部学员,由区指挥部按其人数就所属各县镇街乡村各长,平均分配,令由县府按照资格征送。其人多曾充当校长教员,在街村中为最优秀分子,中学毕业生占百分之九十八。所受教育有政治常识,经济大意,农业常识,教育法令,自治章则等等,除出操外,或上堂听讲,或在田地工作。指挥部有附属地近百亩,开路挖塘,耕地种树,以及莳花饲畜,无一不学,短衣赤足,人人作苦力装,乍见之,绝不识其为文弱书生也。指挥部内园圃整洁,亦属干部学生所治理,此等严格锻炼,历时六月方为毕业。毕业后各回原职,故能将地方自卫自给自治之事项担负起来。我在武鸣看见一部分干部生出操回部,武伐之整齐,神态之发扬,虽精兵无以过之,足征训练之认真。我于参观完毕后,又偕梁瀚嵩先生等乘汽车至灵水及起凤山一游,此皆有名的风景区,我却借此看看沿途乡村公所的真相。最妙者村与村间,居然有很好的道路,皆是村民自修。村公所多设在废庙或祠堂之内,同时即为国民小学，房屋虽不佳，内容却整洁，一村的人户多寡，交通地形，以及学龄儿童的调查，都有图表悬挂在外，令人一目了然。公所多有民众开会场所，两旁有公众苗圃园林，布置得井井有条。村长态度亦好，见梁指挥官之亲热，宛若家人父子，令人旁观，羡慕赞叹，益信训练教育之有万能功用。游至下午三时，抱着十二分满意而返南宁。我又问卢柏松先生，他省办团，动辄发生团阀，为土劣所利用，桂省何以能免此弊？据卢君言，初办民团时，即侧重训练中学生充当干部，其后查户口，编村甲，亦注意于教育程度之高低。村长街长必以本村本街众望素孚而年在二十五以上四十五以下之人应选。如本人年龄过老，即推选其子侄，或则拔选受过中学教育者出任，若再无适当人选，即选邻村邻街之人，要之严禁旧日土劣混入。抑因训练甚苦，事务甚繁，旧日土劣，实亦无此能力，似此，团务根柢清白，自不至造成团阀云。又或者以为广西编练民团，将不免于滥用其力，此亦不足为虑，因为广西共需要二万五千村长，依已训练的干部人数计算，相差尚远，至于常备队训练者亦不为多，后备队则仅受过一百八十小时的训练，自卫乡土或可有用，以之从军，断乎不能。况且干部所受教育，颇属复杂，小之保护桑梓，大之对外御侮，或可号召得动，如果滥用于内战，恐不待出境，便当瓦解。关于这一点，白健生先生还向我说过以下的几句话:"有人议论我们练民团是教揉升木,等于养成老百姓的造反能力。不知一个政府而怕人民造反,根本就不是好政府,因为只要政府好,百姓爱护之不暇,何至起来革命?如果因为怕人民革命,便不敢养成民众武力,结果也未必避免得了革命。"这是很透辟的话,值得介绍一下。再者广西民团经费,是由省府统筹,并非地方自备,村长兼后备队长,也是有给职,这又是广西民团易于推行的一因。至于省府何以能筹出几百万的民团经费,这更由于广西仅有三万军队,所以能够供给训练民众武力的经费,这一点尤其希望人们注意!

四　广西的教育事业

广西的教育事业也有许多与各省不同的地方。他们的最高学府即广西大学,设在梧州,以桂省名宿马君武先生任校长。马氏为留学日本德国的先辈,在柏林大学习化学,曾得工学博士学位。在党国资格也很老,当过中山先生的秘书长,嗣被派为广西省长,今在梧州,专办大学。西大只设理工农三院,另有一矿业专修科,主旨全在"注重建设专门人才之养成"。历史虽然仅有五年,内容却相当完善,而且因为马先生是位行家,所以科学设备,适合于最新最廉的条件。校长和教职员终日聚首，融洽异常。校内设有机械工场，装有德制的最新试验材料机器，差不多是全国任何大学所没有的。他们不但仿制了若干大学自用的仪器，并且还想要制造供给全省中学应用的物理化学各种仪器。农学院有农场林场，学生不偏重书本的研究，而在野外工作的时间较多。君武的意思，要把西大办成一所生产机关，自给自足。不必永久依赖政府供给，这是很有意味的一种尝试。

广西的中等教育，注重职业，这与中央教育最近规划，甚见吻合。他们的小学教育，很有特点。去年十月二十五日省府会议曾经通过了一个议案，名叫"广西普及国民基础教育六年计划大纲"，兹特照录于次，俾阅者得窥全豹：

一、主旨 （一）以政治的力量为主，经济的力量及社会的力量为辅，限于六年之内普及全省国民基础教育。

（二）以国民基础教育的力量，助成本省下列各项建设：1.政治建设，2.经济建设，3.文化建设，4.社会建设。

二、方法 （一）指引全省有志青年重回田园间去，商店中去，工厂中去，——学问与劳动合作方法。（二）指引全省儿童及成年民众协助政府，造成乡村建设运动及民族复兴运动——学问劳动与政治合作方法。

三、工作 国民基础教育分为儿童教育及成人教育。

（一）儿童教育：1.八足岁至十二足岁之儿童须受两学年期

间之国民基础教育。2.十三足岁至十六足岁之失学儿童须补受一学年期间之短期国民基础教育。(二)成人教育：1.补充识字教育，2.推进民团训练，3.完密村(街)乡(镇)组织，4.促成合作运动。前项工作之实施，以国民基础学校为中心机关，从而筹划之，策动之。

四、师资 (一)尽先就师范学校毕业者任用，并分期征调训练，严予考绩。(二)尽先就民团干部训练大队毕业生合格者选用，并分期征调训练，严予考绩。(三)就初中以上学校毕业生或修业期满会考不及格者，征调训练后分别任用，继续指导，严予考绩。(四)就现任小学教员或具有小学教师资格而志愿服务者，征调训练后分别任用，并继续指导，严予考绩。(五)设法继续培植真能为国民基础教育服务之未来师资。

五、经费 (一)拨发各县原有粮赋附加二成义务教育经费。(二)拨用各县粮赋附加三成教育经费。(三)将来各县立中学改组，经费由省库支给后，原有县立中学经费，全数拨充。(四)拨用其他地方公有资产及经费。

六、进行程序 (一)研究实验，设立广西普及国民基础教育研究院。(二)督促辅导，就现在行政区划分全省为八个普及国民基础教育指导区，并于各区内设置国民基础师范学校。(三)推广实施，全省各县于一定期限内普遍推行国民基础教育。

七、期成　（一）民国二十二年十月至二十三年一月广西普及国民基础教育研究院筹备成立。(二)二十四年二月以前广西普及国民基础教育指导区及国民基础师范学校同时成立。(三)二十五年七月以前全省各村（街）国民基础学校普遍设立。(四)二十六年七月以前全省各乡（镇）中心国民基础学校普遍设立。(五)二十七年七月以前一学年期间之短期国民基础教育完成。(六)二十八年七月以前二学年期间之国民基础教育完成。(七)二十九年七月以前全省村（街）乡（镇）建设初步工作完成。

上文所说的"广西普及国民基础教育研究院"设在省城，以教育厅长雷沛鸿先生兼任院长。雷系广西人，久在英国留学，历任上海各大学教授，又曾在无锡教育学院任事，对于国民教育，极感兴趣，主持兹院，非常热心。我去参观的时候，雷先生送了我许多参考书籍，最可注意的是他们自编的"国民基础读本"。他们为便于办事起见，也同民团一样，把全省分划为八个指导区，每区设一指委会，并设一省立国民基础师范学校。各县则在相当地点设立中心国民基础学校，以每一乡（镇）设置一校为原则，此外每一村或街亦须设一国民基础学校。指导区内八足岁至十二足岁的学龄儿童，强迫入学，受二年国民基础教育，十三足岁至十六足岁的失学儿童，亦强迫入学，受短期国民基础教育，凡各县未具有国民基础教育相当程度之壮丁及成年妇女，亦同时施以三个月以上的短期国民基础教育。

此项国民基础教育，负有双重使命：一是教育改造运动，要大众化，生产化，以达到民族复兴为最后标的。一是社会改造运动，要以教育作工具，完成广西的新政治，新经济，新文化，新社会秩序。研究院主办实验中心区的三个国民基础教育学校，试办半年，据称成效都颇可观。约略说来，不外先之以对父老宣传，多劝学生入学，然后奖励学生劳作，如校容之整顿，校路之修筑，运动场之开辟，小小农场或林场之经营，都由先生带着学生去做，使学生们得着劳作的训练。同时对于学生智识，以授课与讲演并行不悖，一面利用这个学校，联络农村父老，改进农业，修治水利，建筑道路，藉为农村建设的推动机关。研究院并要试验造林，畜牧，筹设园艺场，并拟办实验工场，以作推进一切新事业的模范，假以时日，此项改造教育的大运动，结果必有异彩，而且是等教育运动，与民团组织相合，更可以增进民众自卫自养自治的能力，所以广西的国民基础教育，正与他们的民团一样，值得我们注意。

庐山游记

四月三日的早晨,我走过沈昆三先生的门口,他见了我,便说,"适之,昨晚上我同梦旦想来看你,我们想邀你逛庐山去"。我问何时去,昆三说,"明晚就行,船票都定好了,你去不去?"我问还有谁去。他说,"高梦旦,蒋竹庄,你和我"。

我想,要我自动地去逛庐山,那是不容易做到的事。我在北京九年,没有游过长城,我常常笑我自己。任叔永常说,"当趁我们脚力尚健时,多游几处山水"。我想起了叔永的话,便联想到前十天我因脚上有一块红肿,竟有六天不能下楼。这双脚从来没有享过这样清福,现在该让他们松动松动了。

所以我便问昆山道,"我可以带我的儿子去吗?"他说,"带他到船上再补票。明天晚上,太古码头,吴淞船上再见"。

十七,四,七

船到九江,已一点一刻。

先到商务印书馆,经理王少峰先生替我们招呼,雇人力车到汽车公司。九江表面情形同我两年前所见没有什么不同;除了几处青天白日旗之外,看不出什么革命影响。路上见两个剪了发的女子,这是两年前没有的。

汽车到莲花洞,即由汽车公司中人替我们雇藤轿上山,经过斗笠树,踏水河,月弓堑,小天池等处,到牯岭。踏水河以上,山路很陡峻,很不易行。小天池为新辟地,几年前志摩、歆海都说此地很好,将来可以发展。我们今天不曾去看此地,但望见其一角而已。

到牯岭住的是胡金芳旅馆。主人胡君给我们计划三天的游玩路程如下:

八日(上午)御碑亭,仙人洞,大天池。(下午)五老峰,三叠泉,海会寺。

九日由海会寺到白鹿洞,万杉寺,秀峰寺,青玉峡,归宗寺,温泉。

十日由归宗寺到观音桥,金井,玉渊,栖贤寺,含鄱口,黄龙寺。

梦旦带有吴炜的《庐山志》（淮南李滢，歙州闵麟嗣大概是实际编辑人，书成于康熙七年），共十五卷，我借来翻看。这也是临时抱佛脚的工作。此书篇幅太多，编辑又没有条理，——二百多年前的路径是不能用作今日的游览程序的，——故匆匆翻读，很难得益处。

十七，四，八

七点起程。因《山志》太繁，又借得陈云章、陈夏常合编的《庐山指南》（商务出版；十四年增订四版）作帮助。

将起程时，见轿夫玩江西纸牌，引起我的注意，故买了一副来查考，果有历史价值。此牌与福建牌，徽州牌，同出于马吊，源流分明。一万至九万皆有《水浒》人物画像。一吊至九吊，一文至九文，则都没有画像了。此二十七种各有四张，共百零八张。另有千万四张，枝花（一枝花、蔡庆）四张，"全无"（轿夫说，湖北人叫做"空文"，则与马吊更合）四张，此则今之中发白三种之祖。空文即"零"，故今为"白版"。以上共百二十张。另有福，禄，寿，喜，财，五种，各一张，则"花"也。共一百二十五张。

徽州牌有"枝花"五张，"喜"五张，"千万"五张，"王英"（矮脚虎）五张。

到御碑亭。亭在白鹿升仙台上（此据《旧志》。今则另有一"白鹿升仙台"，其实是捏造古迹也）。地势高耸，可望见天池及西北诸山。亭内有碑，刻明太祖的《周颠仙人传》全文。此文见《庐山志》二，页三十六——四十一，叙周颠事最详，说他在元末天下未乱时，到处说"告太平"，后来"深入匡庐，无知所之"。末又记赤脚僧代周颠及天眼尊者送药治太祖的病事。此传真是那位"流氓皇帝"欺骗世人的最下流的大文章。王世贞《游东林天池记》（《庐山志》二，页二十八）论此碑云：

> 颠圣凡不足论，天意似欲为明主一表征应，以服众志耳。

这句话说尽明太祖的欺人心事。自明以来，上流社会则受朱熹的理学的支配，中下社会则受朱元璋的"真命天子"的妖言的支配，二朱狼狈为奸，遂造成一个最不近人情的专制社会。

济颠和尚的传说似与周颠的神话有关。将来当考之（小说《英烈传》说周颠故事甚详）。

御碑亭下为佛手崖，更下为仙人洞，有道士住在此，奉的是吕祖，神龛俗气可厌。

由此往西，到天池寺。天池本在天池山顶，朱熹《山北纪行》所谓

> 天池寺在小峰绝顶，乃有小池，泉水不竭。(《志》二，页七)

是也。今之天池寺似非旧址。寺中亦有池水；寺极简陋；宋、明诸人所游览咏叹的天池寺，今已不存片瓦。寺西有庐山老母亭，有乡间小土地庙那么大，时见乡下人来跪拜。遥望山岗上有新起塔基，人说是旧日的天池塔，《旧志》说是韩侂胄建的，毁于洪杨之乱，仅存五级；去年唐生智最得意时，毁去旧塔，出资重建新塔，仅成塔基，而唐已下野了。朱和尚假借周颠的鬼话，装点天池，遂使这一带成为鬼话中心。唐和尚（唐生智信佛教，在他势力所及的几省大倡佛教）也想装点天池，不幸鬼话未成立，而造塔的人已逃到海外。朱和尚有知，不知作何感想。

天池寺在明朝最受帝室礼敬，太祖在此建聚仙亭，祀周颠等，赐铜鼓象鼓；宣德时，恩礼犹未衰。王守仁于正德己卯擒宸濠，明年游天池，有诗三首，最有名。其中一首云：

> 天池之水近无主，木魅山妖竞偷取，公然又盗岩头

云，却向人间作风雨。

又《文殊台夜观佛灯》一首云：

老夫高卧文殊台，拄杖夜撞青天开，撒落星辰满平野，山僧尽道佛灯来。

此老此时颇有骄气，然他的气象颇可喜。今则天池已不成个东西，仅有赤脚乡下人来此跪拜庐山老母而已！

我们回到旅馆吃午饭，饭后起程往游山南。经过女儿城，大月山，恩德岭等处，山路极崎岖，山上新经野烧，无一草一木，使人厌倦。大月山以后，可望见五老峰之背，诸峰打成一片，形如大灵芝，又如大掌扇，耸向鄱阳湖的方面，远望去使人生一种被压迫而向前倾倒的感觉。平常图中所见五老峰皆其正面，气象较平易，远不如背景的雄浑逼人。

鄱阳湖也在望中，大孤山不很清楚，而鞋山一岛很分明，望远镜中可见岛上塔庙。湖水正浅，多淤地，气象殊不伟大。

梦旦带有测高器，测得山高度如下：

牯岭（胡金芳旅馆）　　　　一一五〇公尺

女儿城　　　　　　　　　　一三八〇

大月山	一五五〇
恩德岭	一五五〇

据此则大月山高五〇三八英尺。陈氏《指南》说：

> 大月山计高四千六百尺，较汉阳峰仅低百六十尺。
>（页六十五）

不知是谁的错误。《指南》（页四十一）又说：

> 汉阳峰高出海面四千七百六十尺。

据牯岭测量原工程师John Berkin说，他不曾实测过汉阳峰，陈氏所据不知是何材料。

途中看三叠泉瀑布，源出大月山，在五老峰的背面。这时正当水少的时候，三叠泉并不见如何出色。这也许是因为我们在对山高处远望，不能尽见此瀑布的好处，也许是因为我曾几次看过尼格拉大瀑布（Niagara Falls）；但我看了此泉后，读王世懋、方以智诸人惊叹此瀑布的文字（《庐山志》九，页十七，又十九），终觉得他们的记载有点不实在。梦旦先生也说，此瀑大不如雁宕的瀑泉。

庐山多瀑布，但唐、宋人所称赞的瀑布大都是山南的一些瀑布，尤其是香炉峰、双剑峰一带的瀑布。他们都不曾见三叠泉。方以智说：

阅张世南《纪闻》载水帘三叠以绍熙辛亥始见。（《志》九，页二十）

《庐山志》又引范礽云：

新瀑之胜，其见知人间始于绍熙辛亥（一一九一）年。至绍定癸巳（一二三三），汤制干仲能品题之，以为不让谷帘，有诗寄张宗端曰：……鸿渐但知唐代水，涪翁不到绍熙年。从兹康谷宜居二，试问真岩老咏仙。（九，页二十一）

朱熹《送碧崖甘叔怀游庐阜》三首之二云："直上新泉得雄观，便将杰句写长杠。"自跋云："新泉近出，最名殊胜，非三峡漱石所及，而余未之见，故诗中特言之。……"此可证三叠泉之发现在朱子离开南康以后。

过山入南康境，树木渐多，山花遍地，杜鹃尤盛开，景色绝异山北。将近海会寺时,万松青青,微风已作松涛。松山五老峰峥嵘高矗,气象浑穆伟大。一个下午的枯寂干热的心境,到此都扫尽了。

到海会寺过夜。海会寺不见于《旧志》;即古代的华严寺遗址,后(《指南》说,清康熙时)改为海会庵。光绪年间,有名僧至善住此,修葺增大,遂成此山五大丛林之一。(《指南》说,重建在癸卯)

寺僧说寺中有高阁可望见鄱阳湖与五老峰,因天晚了我们都没有上去。寺中藏有赵子昂写画的《法华经》,很有名;我们不很热心去看,寺僧也就不拿出来请我们看。我问他借看至善之徒普超用血写的《华严经》八十一卷全部。他拿出《普贤行愿品》来给我们看,并说普超还有血书《法华经》全部。《华严经》有康有为、梁启超两先生的题跋,梁跋很好。此外题跋者很多,有康白情的一首诗尚好,但后序中有俗气的话。

刺血写经是一种下流的求福心理。但我们试回想中古时代佛教信徒舍身焚身的疯狂心理,便知刺血写经已是中古宗教的末路了。庄严伟大的寺庙已仅存破屋草庵了;深山胜地的名刹已变作上海租界马路上的"下院"了;憨山莲池的中兴事业也只是空费了一番手足,终不能挽救已成的败局。佛教在中国只剩得一只饭碗,若干饭桶,中古宗教是过去的了。

寺中有康有为先生光绪己丑（一八八九）题赠至善诗的真迹，署名尚是"长素康祖诒"。书法比后来平易多了。至善临终遗命保存此诗卷，故康先生戊午（一九一八）重来游作诗很有感慨，有"旧墨笼纱只自哀"之语。后来他游温泉，买地十亩，交海会寺收管，以其租谷所入作为至善的香火灯油费（温泉买地一节，是归宗寺僧告我的）。

十七，四，九

昨夜大雨，终夜听见松涛声与雨声，初不能分别，听久了才分得出有雨时的松涛与雨止时的松涛，声势皆很够震动人心，使我终夜睡眠甚少。

早起雨已止了，我们就出发。从海会寺到白鹿洞的路上，树木很多，雨后青翠可爱。满山满谷都是杜鹃花，有两种颜色，红的和轻紫的，后者更鲜艳可喜。去年过日本时，樱花已过，正值杜鹃花盛开，颜色种类很多，但多在公园及私人家宅中见之，不如今日满山满谷的气象更可爱。因作绝句记之：

长松鼓吹寻常事，最喜山花满眼开。
嫩紫鲜红都可爱，此行应为杜鹃来。

到白鹿洞。书院旧址前清时用作江西高等农业学校，添有校舍，建筑简陋潦草，真不成个样子。农校已迁去，现设习林事务所。附近大松树都钉有木片，写明保存古松第几号。此地建筑虽极不堪，然洞外风景尚好。有小溪，浅水急流，铮淙可听；溪名贯道溪，上有石桥，即贯道桥，皆朱子起的名字。桥上望见洞后诸松中一松有紫藤花直上到树杪，藤花正盛开，艳丽可喜。

白鹿洞本无洞；正德中，南康守王溱开后山作洞，知府何浚凿石鹿置洞中。这两人真是大笨伯！

白鹿洞在历史上占一个特殊地位，有两个原因。第一，因为白鹿洞书院是最早的一个书院。南唐升元中（九三七——九四二）建为庐山国学，置田聚徒，以李善道为洞主。宋初因置为书院，与睢阳、石鼓、岳麓三书院并称为"四大书院"，为书院的四个祖宗。第二，因为朱子重建白鹿洞书院，明定学规，遂成后世几百年"讲学式"的书院的规模。宋末以至清初的书院皆属于这一种。到乾隆以后，朴学之风气已成，方才有一种新式的书院起来；阮元所创的诂经精舍，学海堂，可算是这种新式书院的代表。南宋的书院祀北宋周、邵、程诸先生；元、明的书院祀程、朱；晚明的书院多祀阳明；王学衰后，书院多祀程、朱。乾、嘉以后的书院乃不祀理学家而改祀许慎、郑玄等。所祀的不同便是这两大派书院的根本不同。

朱子立白鹿洞书院在淳熙己亥（一一七九），他极看重此事，曾札上丞相说：

> 愿得比祠官例，为白鹿洞主，假之稍廪，使得终与诸生讲习其中，犹愈于崇奉异教香火，无事而食也。（《志》八，页二，引《洞志》）

他明明指斥宋代为道教宫观设祠官的制度，想从白鹿洞开一个儒门创例来抵制道教。他后来奏对孝宗，申说请赐书院额，并赐书的事，说：

> 今老、佛之宫布满天下，大都逾百，小邑亦不下数十，而公私增益势犹未已。至于学校，则一郡一邑仅置一区；附郭之县又不复有。盛衰多寡相悬如此！（同上，页三）

这都可见他当日的用心。他定的《白鹿洞规》，简要明白，遂成为后世七百年的教育宗旨。

庐山有三处史迹代表三大趋势：（一）慧远的东林，代表中国"佛教化"与佛教"中国化"的大趋势。（二）白鹿洞，代表中国近世七百年的宋学大趋势。(三)牯岭，代表西方文化侵入中国的大趋势。

从白鹿洞到万杉寺。古为庆云庵，为"律"居，宋景德中有大超和尚手种杉树万株，天圣中赐名万杉。后禅学盛行，遂成"禅寺"。南宋张孝祥有诗云：

老干参天一万株，庐山佳处着浮图。只因买断山中景，破费神龙百斛珠。(《志》五，页六十四，引《史》)

今所见杉树，粗仅如瘦腕，皆近年种的。有几株大樟树，其一为"五爪樟"，大概有三四百年的生命了；《指南》说"皆宋时物"，似无据。

从万杉寺西行约二三里，到秀峰寺。吴氏《旧志》无秀峰寺，只有开先寺。毛德琦《庐山新志》(康熙五十九年成书。我在海会寺买得一部，有同治十年，宣统二年，民国四年补版。我的日记内注的卷页数，皆指此本)说：

康熙丁亥(一七〇七)寺僧超渊往淮迎驾，御书秀峰寺赐额，改今名。

开先寺起于南唐中主李景。李景年少好文学,读书于庐山;后来先主代杨氏而建国,李景为世子,遂嗣位。他想念庐山书堂,遂于其地立寺,因为开国之祥,故名为开先寺,以绍宗和尚主之。宋初赐名开先华藏;后有善暹,为禅门大师,有众数百人。至行瑛,有治事才,黄山谷称"其材器能立事,任人役物如转石于千仞之溪,无不如意"。行瑛发愿重新此寺。

> 开先之屋无虑四百楹,成于瑛世者十之六,穷壮极丽,迄九年乃即功。(黄庭坚《开先禅院修造记》,《志》五,页十六至十八)

此是开先极盛时。康熙间改名时,皇帝赐额,赐御书《心经》,其时"世之人无不知有秀峰"(郎廷极《秀峰寺记》,《志》五,页六至七),其时也可称是盛世。到了今日,当时所谓"穷壮极丽"的规模只剩败屋十几间,其余只是颓垣废址了。读书台上有康熙帝临米芾书碑,尚完好;其下有石刻黄山谷书《七佛偈》,及王阳明正德庚辰(一五二〇)三月《纪功题名碑》,皆略有损坏。

寺中虽颓废令人感叹,然寺外风景则绝佳,为山南诸处的最好风景。寺址在鹤鸣峰下,其西为龟背峰,又西为黄石岩，又西为双剑峰，又西南为香炉峰，都欹奇可喜。鹤鸣与龟背之间有马尾泉瀑布，双剑之左有瀑布水；两个瀑泉遥遥相对，平行齐下，下流入壑，汇合为一水，迸出山峡中，遂成最著名的青玉峡奇景。水流出峡，入于龙潭。昆三与祖望先到青玉峡，徘徊不肯去，叫人来催我们去看。我同梦旦到了那边，也徘徊不肯离去。峡上石刻甚多，有米芾书"第一山"大字，今钩摹作寺门题榜。

徐凝诗"今古长如白练飞，一条界破青山色"，即是咏瀑布水的。李白《瀑布泉》诗也是指此瀑。《旧志》载瀑布水的诗甚多，但总没有能使人满意的。

由秀峰往西约十二里，到归宗寺。我们在此午餐，时已下午三点多钟，饿的不得了。归宗寺为庐山大寺，也很衰落了。我向寺中借得《归宗寺志》四卷，是民国甲寅先勤本坤重修的，用活字排印，错误不少，然可供我的参考。

我们吃了饭，往游温泉。温泉在柴桑桥附近，离归宗寺约五六里，在一田沟里，雨后沟水浑浊，微见有两处起水泡，即是温泉。我们下手去试探，一处颇热，一处稍减。向农家买得三个鸡蛋，放在两处，约七八分钟，因天下雨了，取出鸡蛋，内里已温而未熟。田陇间有新碑，我去看，乃是星子县的告示，署民国十五年，中说，接康南海先生函述在此买田十亩，立界碑为记的事。康先生去年死了。他若不死，也许能在此建立一所浴室。他买的地横跨温泉的两岸。今地为康氏私产，而业归海会寺管理，那班和尚未必有此见识作此事了。

此地离栗里不远，但雨已来了，我们要赶回归宗，不能去寻访陶渊明的故里了。道上是一石碑，有"柴桑桥"大字。《旧志》已说"渊明故居，今不知处"（四，页七）。桑乔疏说，去柴桑桥一里许有渊明的醉石（四，页六）。《旧志》又说，醉石谷中有五柳馆，归去来馆。归去来馆是朱子建的，即在醉石之侧。朱子为手书颜真卿《醉石诗》，并作长跋，皆刻石上，其年月为淳熙辛丑（一一八一）七月（四，页八）。此二馆今皆不存，醉石也不知去向了。庄百俞先生《庐山游记》说他曾访醉石，乡人皆不知。记之以告后来的游者。

今早轿上读《旧志》所载宋周必大《庐山后录》，其中说他访栗里，求醉石，土人直云，"此去有陶公祠，无栗里也"（十四，页十八）。南宋时已如此，我们在七百年后更不易寻此地了，不如阙疑为上。《后录》有云：

> 尝记前人题诗云：
> 五字高吟酒一瓢，庐山千古想风标。
> 至今门外青青柳，不为东风肯折腰。

惜乎不记其姓名。

我读此诗，忽起一感想：陶渊明不肯折腰，为什么却爱那最会折腰的柳树？今日从温泉回来，戏用此意作一首诗：

陶渊明同他的五柳

当年有个陶渊明，不惜性命只贪酒。

骨硬不能深折腰：弃官回来空两手。

瓮中无米琴无弦，老妻娇儿赤脚走。

先生吟诗自嘲讽，笑指篱边五株柳：

"看他风里尽低昂！这样腰肢我无有。"

晚上在归宗寺过夜。

归宗寺最多无稽的传说，试考订其最荒谬的几点，以例其余：

（一）传说归宗寺是王羲之解浔阳郡守后，舍宅为西域僧佛驮耶舍造的（《志》四，页二十四，引桑疏）。此说之谬，《归宗志》已辨之。《归宗志》说：

考《晋史》，佛陀耶舍于安帝义熙十年甲寅（四一四）

始至庐山；羲之守九江在成帝咸康初。归宗寺则咸康六年（三四〇）所造也。前后相去六十余年。当知所请为达磨多罗，而耶舍实金轮开山，继主归宗耳。(《庐山志》四，页二十五引)

《归宗志》能指出王羲之不曾为佛驮耶舍造寺，是很对的。但他又说，羲之所请为达磨多罗，那又是极荒谬的杜撰典故。达磨多罗的《禅经》是庐山道场译出的，但达磨多罗从不曾到过中国。此可见羲之造寺之说，全出捏造。咸康六年之说亦无据。

（二）归宗寺有王羲之洗墨池。羲之造寺之说大概因此而起。宋荦《商丘漫语》已辨之，他说：

临池而池水黑者，谓因墨之多也。羲之虽善书，安能变地脉，易水色，使之久而犹黑哉？(《志》四，页二十六引)

知道了墨池之不可信，便知因此而起之羲之造寺说也不可信。

（三）归宗寺背后山上有金轮峰，峰上有舍利塔，庄百俞《游记》说：

> 金轮峰顶有铁塔，佛驮耶舍负铁于峰顶成之，以藏如来舍利。

这是最有趣的传说，其说始见于释庆宜的《复生松记略》，《毛志》（四，页三十一）始引之。庆宜大概是康熙时人。二三百年来，此说已牢不可破了。今试考其来源，指其荒谬：

（A）《旧志》引《神僧传》中的《佛驮耶舍传》，从无说他负铁造塔藏舍利的话，也无王羲之为他造寺的话。

（B）周必大《庐山录》云：

> 石镜溪上直紫霄峰，铁塔在焉。（《志》十四，页十五）

又他的《庐山后录》云：

> 三将军正庙……自归宗登山，才里余。又其上八里，则紫霄峰，峰顶有铁浮图九级，藏舍利。远望如枯木，而晋梵僧耶舍亦有坟在其上。（《志》十四，页十八）

这是我们所得的最早记载。可见南宋时已有铁塔，但不名耶舍塔，其峰名紫霄峰（《庐山录》下文另有一个金轮峰）。其时已捏造出一座耶舍坟，用意在于坐实王羲之为耶舍造寺的传说，却不在与塔发生关系。

（C）元延祐己卯（一三一五）李洞有《庐山游记》，中说：

> 从报国寺杏坛间遥望白云、紫霄诸峰，森犹紫笋，矗其巅耶舍塔，冠簪玉如。（十四，页三十五）

其时人已不知耶舍墓，而此塔遂叫做耶舍塔了。但其峰仍名紫霄峰。

（D）明嘉靖中桑乔作《庐山纪事》（自序在嘉靖辛酉，一五六一）即《旧志》所称《桑疏》，为后来《庐山志》的根据。他说：

> 耶舍塔山在般若峰东。……明正统中（约一四四〇），〔塔〕为雷所击摧折，惟一级存。

此时去正统不很远，其言可信。那时人已不知紫霄峰之名了，但称耶舍塔山。

《旧志》因袭此说，故云：

峰从山腰拔起，峭丽如簪玉笋。然无名，以塔得名。
（《志》四，页二十）

(E) 此塔正统间被雷毁去之后，至万历间，僧修慈重修（据《归宗寺志》）。《旧山志》不记此事；毛氏《续志》也不记此事，但有施闰章诗云，

铁塔孤飞峰顶烟。（《志》四，页三十七）

又王养正（死于清初）诗云，

塔耸金轮舍利藏。

皆可证明末清初塔已修好了。王养正诗说"塔耸金轮"，又可证晚明以后的人都误认塔所在之峰为金轮峰。其实金轮峰在归宗寺后，山并不高，《旧志》明说他"形如轮"（四，页二十五），与那"峭丽如簪玉笋"的耶舍塔山显然是两处。《旧志》卷首有地图（图五），归宗之上为金轮，再上为观音岩，再上为耶舍塔山，可以为证。但后人皆不知细考；《归宗寺志》（民国三年活字本）卷二也遂认此塔所在之山为金轮峰。陈氏《指南》，庄百俞《游记》皆沿其误。于是

宋人所谓紫霄峰，一变而为耶舍塔山，再变而为金轮峰了。寺后之金轮峰从此高升两级，张冠李戴，直到如今。

（F）元人误称此塔为耶舍塔，以后遂有耶舍负铁上山顶造塔的谬说出来。庆宜作《复生松记略》，便直说

> 耶舍躬负铁于金轮峰顶为浮屠，以藏如来舍利。

其时考证之学风渐起，故《归宗旧志》（《庐山志》所引）竟能证明耶舍与王羲之的年代相差六十余年（引见上文）。但这班和尚总不肯使耶舍完全脱离关系，故一面否认耶舍为归宗开山之祖，一面又扩大耶舍造塔的神话，于是有"金轮开山，继主归宗"（引见上文）的调和论。毛德琦《续志》说的更荒谬了：

> 耶舍尊者定中三见轮峰，乃奉佛舍利至匡庐，建塔于顶。（四，页二十）

于是耶舍之来竟专为造塔来了！

（G）此塔既是神僧负铁所造，自然历久不坏！于是世人皆不信此塔年代之晚。此塔全毁于正统间（见桑乔《纪事》），重修于万历间，再修于乾隆十四年，后来又毁了；至光绪

三十一年，海会寺至善之徒碧莲募款重修，得方□□（我偶忘记其名）之助，雇用宁波工匠，用新法铸补。以上均见《归宗志》。此塔孤立山顶，最易触电，故屡次被毁；所谓"新法"大概有避电的设备。此塔今日能孤立矗天，云遮不住，雷打不伤，原来都出宁波工匠用科学新法之赐。但有信心的善男子善女人都不肯研究历史，或仍认为耶舍负铁所造（如庄百俞《游记》），或称其"历久不圮"（《指南》页五十三）。此事是一个思想习惯的问题，故不可不辨正。

以上是我在船上记的，手头无书，仅据《旧志》所引材料，略加比较参证而已。我回上海后，参考各书，始知佛陀耶舍从不曾到过庐山，一切关于他的传说都可不攻而破了！

梁慧皎《高僧传》的《佛陀耶舍传》中说耶舍于秦弘始十二年（四一○，即晋义熙六年）在长安译出《四分律》，《长阿含》等。至十五年（四一三）解座。

> 耶舍后辞还外国，至罽宾，得《虚空藏经》一卷，寄《贾客传》与凉州诸僧。后不知所终。（金陵刻经处本，卷二，页十六）

这是很明白的记载。他是罽宾人，仍回到罽宾，走的是

陆路，决没有绕道江南的必要。他既没有到过庐山，于是

（1）《归宗志》所谓"考《晋史》，佛陀耶舍于安帝义熙十年甲寅始至庐山"，乃是妄说。《晋书》那有此事？《王羲之传》也不说他守江州在何年。

（2）《神僧传》说他在"弘始元年译《四分律》并《长阿含》等经。……南至庐山，与释慧远会莲社"的话，也是妄说。弘始元年，鸠摩罗什还不曾到长安，何况耶舍？庐山结社的话全无根据。

（3）他既还外国，庐山那会有他的坟墓？

（4）他既不曾到庐山，那有王羲之为他造归宗寺之事？那有他"金轮开山继主归宗"的事？那有负铁造舍利塔的事？

我于是更考佛陀耶舍到庐山之说起于何时。日本僧最澄于唐德宗贞元二十年（八〇四）入唐，明年回日本，携有经典多种；他著有《内证佛法相承血脉谱》，中引《传法记》云：

> 达磨大师谓弟子佛陀耶舍云："汝可往震旦国传法眼。"……耶舍奉师付嘱，便附舶来此土。……耶舍向庐山东林寺，其时远大师见耶舍来，遂请问。……后时耶舍无常。达磨大师知弟子无常，遂自泛船渡来此土。……（《传教大师全集》，卷二，页五一七）

敦煌本《历代法宝记》（伦敦、巴黎皆有唐写本，我有影印本）所记与此略同，但把"佛陀"、"耶舍"误截作两个人！此种荒诞的传说起于当日禅宗和尚争法统的时期，其时捏造的法统史不计其数，多没有历史的根据。如上引《传法记》的话，谬处显然，不待辨论。

此为耶舍到庐山之说之最早记载，其起原当在八世纪。后来的《东林十八高贤传》（北宋时始出现，称陈舜俞刊正，沙门怀悟详补）与《神僧传》都更是晚书，皆是删改《高僧传》，而加入到庐山入社一句。李龙眠画《莲社十八贤图》，李元中作记；晁补之续作图，又自作记，皆依此说，此说遂成真史迹了。

但后来这个传说又经过不少变迁，可以作故事演变的一个好例。起初耶舍与庐山的关系只在北山东林寺一带。故《庐山志》（十二上，页二）说：

分水岭之西，〔东林寺之北〕有耶舍塔。

桑乔《纪事》云：

耶舍塔，并塔院，西域僧佛驮耶舍建。并废。

后来山南佛寺大兴，也要拉几位神僧来撑场面，于是把耶舍的传说移到山南。于是有王羲之为耶舍造归宗寺的谬说，有耶舍坟的捏造，有耶舍定中三见金轮峰，遂奉舍利来造塔的传说，以至于耶舍负铁至山顶起塔的神话。久而久之，北山的耶舍塔毁了，耶舍的传说也冷淡了；而南山的耶舍塔却屡毁屡造，耶舍的神话也遂至今不绝！

让我再进一步，研究耶舍神话的来历。佛驮耶舍的传说全是抄袭佛驮跋陀罗的故事的。庐山当日确有印度名僧佛驮跋陀罗；《高僧传》（卷二，页十七至廿一）道他在长安时，

> 语弟子云："我昨见本乡有五舶俱发。"既而弟子传告外人；关中旧僧咸以为显异惑众。……大被谤黩。……于是率侣宵征，南指庐岳。沙门释慧远久服风名，闻至欣喜。……乃遣弟子昙邕致书姚主及关中众僧，解其摈事。远乃请出禅数诸经。贤（佛驮跋陀罗，译言觉贤）志在游化，居无求安；停山岁余，复西适江陵。

他在庐山住了一年多，便到江陵，再移建业道场寺，译出《华严经》等。他死在元嘉六年（四二九），年七十一。

佛驮跋陀罗为《华严》译主，又曾译《禅经》，名誉极大，故神话最多。他和庐山不过一年的因缘，庐山却一定要

借重他，故《十八高贤传》说他于元嘉六年"念佛而化，塔于庐山北岭"。《庐山志》（十二上，页二）说：

东林寺之北为上方塔院，有舍利塔。

桑乔说：

舍利塔即上方塔，在平冈之巅。初西域佛驮跋陀罗尊者自其国持佛舍利五粒来，瘗于此山。在东林之上，故曰上方。

南唐保大丙辰（周世宗显德三年，九五六）彭滨奉敕作《舍利塔记》（《志》十二，页二至四），中叙佛驮跋陀罗在长安时，

……忽尔西望白众曰："适见东国五舶俱来。"众皆责其虚诞，遂出之庐山。未久，五舶俱至，共服其灵通。即持佛舍利五粒，建塔于寺北上方。其后……以元嘉十七年乙亥（此与《高僧传》不合。乙亥为元嘉十二年，亦误）终于京师。……其舍利塔至开元十七年（七二九）……重建，又感舍利十四粒。……保大甲寅岁（九五四），奏上重修。

元明之际，王祎有《庐山游记》云：

> 佛驮耶舍入庐山，常举铁如意示慧远，不悟，即拂衣去。（十二上，页十七）

明末但宗皋论此事云：

> 予考诸《灯录》，止载跋陀禅师拈起如意问生公，……恐误以跋陀为耶舍耳。（十二上，页四十二）

其实何止此一事？到庐山的是佛驮跋陀罗，而传说偏要硬拉佛驮耶舍。耶舍"定中三见轮峰"，即是抄跋陀的定中见印度五舶俱发。耶舍造塔藏舍利，即是抄跋陀造塔瘗舍利。故东林之耶舍塔即是抄东林之跋陀舍利塔；而归宗之耶舍舍利塔却又是抄东林之耶舍塔；其实都是后起的谬说，都没有历史的根据。

十七，四，十四补记

今夜又见游国恩君的《莲社年月考》（《国学月报汇刊》第一集，页二六五——二六八），游君责备梁任公先生"并《莲社传》亦未寓目"。其实《莲社传》（即《十八高贤传》）乃是晚出的伪书，不足依据。

又记

十七，四，十

从归宗寺出发，往东行，再过香炉、双剑诸峰与马尾、瀑水诸瀑。天气清明，与昨日阴雨中所见稍不同。

到观音桥。此桥本名三峡桥，即栖贤桥，观音桥是俗名。桥建于宋祥符时。桥长约八十尺，跨高岩，临深渊，建筑甚坚壮。桥下即宋人所谓"金井"，在桥下仰看桥身，始知其建筑工程深合建筑原理。桥石分七行，每行约二十余石，每石两头刻作榫头，互相衔接，渐湾作穹门，历九百年不坏。昆三是学工程的，见此也很赞叹。他说："古时人已知道这样建筑可以经久，可惜他们不研究何以能经久之理。"桥下中行石上刻"维皇宋祥符七年岁次甲寅（一〇一四）二月丁巳朔，建桥，上愿皇帝万岁，法轮常转，雨顺风调，天下民安。谨题"（字已有不清楚的，此据《旧志》）。又刻"福州僧智朗勾当造桥，建州僧文秀教化造桥，江州匠陈智福，弟智汪，智洪"。这是当日的工程师，其姓名幸得保存，不可不记。（也据《旧志》六，页三十三）

金井是一深潭，上有急湍，至此穿石而下，成此深潭，形势绝壮丽。苏东坡《三峡桥诗》写此处风景颇好，故抄其一部分：

> 吾闻泰山石，积日穿线溜。况此百雷霆，万世与石斗！深行九地底，险出三峡右。长输不尽溪，欲满无底窦。……空濛烟雨间，顽洞金石奏。弯弯飞桥出，潋潋半月毂。……垂瓶得清甘，可咽不可漱。

我们又寻得小径，走到上流，在石上久坐，方才离去。

由此更东北行，约二里，近栖贤寺，有"玉渊"，山势较开朗，而奔湍穿石，怒流飞沫，气象不下乎"金井"。石上有南宋诗人张孝祥石刻"玉渊"二大字。英国人Berkin对我说，十几年前，有一队英国游人过此地，步行过涧石上，其一人临流洗脚，余人偶回顾，忽不见此人，遍寻不得。大家猜为失脚卷入潭中；有一人会泅水，下潭试探，也不复出来了。余人走回牯岭，取得捞尸绳具，复至此地，至次日两尸始捞得。此处急流直下，入潭成旋涡，故最善泅水的也无能为力。现在潭上筑有很长的石栏，即是防此种意外的事的。

金井与玉渊皆是山南的奇景，气象不下于青玉峡。由玉渊稍往西，便是栖贤寺，也很衰落了。但寺僧招呼很敏捷；山南诸寺，招待以此处为最好。我们在此午饭。

饭后启行回牯岭。过含鄱岭，很陡峻，我同祖望都下轿步行。岭上有石级，颇似徽州各岭。庄百俞《游记》说这些是民国七年柯凤巢、关鹤舫等集款修筑的，共长八四七〇英尺。陈氏《指南》说有三千五百余级，长二万五千二百二十一尺。我们不曾考订两说的得失。

岭上有息肩亭，再上为欢喜亭，石上刻有"欢喜亭"三字，又小字"顾贞观书"，大概是清初常州词人顾贞观。由此更上，到含鄱口，为此岭最高点，即南北山分水之岭。此地有张伯烈建的屋。含鄱岭上可望汉阳峰。鄱阳湖则全被白云遮了。

梦旦测得高度如下表：

归宗寺	五〇公尺
三峡桥	三九〇
栖贤寺	一六〇

（梦旦疑心此二处的高度有误。）

欢喜亭	七八〇
含鄱口	一二〇〇

《指南》说含鄱岭高三千六百尺，与此数相符。

过含鄱口下山，经俄租界，到黄龙寺。黄龙寺也是破庙，我们不愿在庙里坐，出门看寺外的三株大树，其一为金果树，叶似白果树，据Berkin说，果较白果小的多，不可食。其二为柳杉，相传为西域来的"宝树"，真是山村和尚眼里的宝呵！我们试量其一株，周围共十八英尺。过大树为黄龙潭，是一处阴凉的溪濑。我坐石上洗脚，水寒冷使人战栗。

从此回牯岭，仍住胡金芳旅社。三日之游遂完了。牯岭此时还不到时候，故我们此时不去游览，只好留待将来。我们本想明天下山时绕道去游慧远的东林寺，但因怕船到在上午，故决计直下山到九江，东西二林留待将来了。

我作《庐山游记》，不觉写了许多考据。归宗寺后的一个塔竟费了我几千字的考据！这自然是性情的偏向，很难遏止。庐山有许多古迹都很可疑；我们有历史考据癖的人到了这些地方，看见了许多捏造的古迹，心里实在忍不住。陈氏《庐山指南》云：

> 查庐山即古之敷浅原。……今在紫霄峰上（山之北部）尚有石刻"敷浅原"三字，足以证此。（页一——二）

这里寥寥四十个字，便有许多错误。紫霄峰即是归宗寺后的高峰，即今日所谓金轮峰，考证见上文，并不在"山之

北部"。康熙时李滢作《敷浅原辩》，引《南康旧志》说，

> 山南紫霄峰有"敷浅原"三大字，未详何时刻石。

这句话还有点存疑的态度。陈氏不知紫霄峰在何处，自然不曾见此三字。即使他见了这三字，也不能说这三字"足以证此"。一座山上刻着"飞来峰"三个大字，难道我们就相信此三字"足以证"此山真是飞来的了？又如御碑亭上，明太祖刻了近二千字的《周颠仙人传》，一个皇帝自己说的话，不但笔之于书，并且刻之于石：难道这二千字石刻就"足以证"仙人真有而"帝王自有真"了吗？

一千八百多年前，王充说的真好：

> 世间书传，多若等类；浮妄虚伪，没夺正是。心溃涌，笔手扰，安能不论？论则考之以心，效之以事；浮虚之事，辄立证验。（《论衡·对作篇》）

我为什么要做这种细碎的考据呢？也不过"心溃涌，笔手扰"，忍耐不住而已。古人诗云：

> 无端题作木居士，便有无穷求福人。

黄梨洲《题东湖樵者祠》诗云：

> 姓氏官名当世艳，一无凭据足千年。

这样无限的信心便是不可救药的懒病，便是思想的大仇敌。要医这个根本病，只有提倡一点怀疑的精神，一点"打破沙锅问到底"的习惯。

昨天（四月十九日）《民国日报》的《觉悟》里，有常乃悳先生的一篇文章，内中很有责备我的话。常先生说：

> 将一部《红楼梦》考证清楚，不过证明《红楼梦》是记述曹雪芹一家的私事而已。知道了《红楼梦》是曹氏的家乘，试问对于二十世纪的中国人有何大用处？……试问他（胡适之）的做《〈红楼梦〉考证》是"为什么"？

他又说：

> 《〈红楼梦〉考证》之类的作品是一种"玩物丧志"的小把戏；唱小丑打边鼓的人可以做这一类的工作，而像胡先生这样应该唱压轴戏的人，偏来做这种工作，就未免太不应该了。

常先生对于我的《〈红楼梦〉考证》这样大生气,他若读了我这篇《庐山游记》,见了我考据一个塔的几千字,他一定要气的胡子发抖了。(且慢,相别多年,常先生不知留了胡子没有,此句待下回见面时考证。)

但我要答复常先生的质问。我为什么要考证《红楼梦》?

在消极方面,我要教人怀疑王梦阮、徐柳泉、蔡子民一班人的谬说。

在积极方面,我要教人一个思想学问的方法。

我要教人疑而后信,考而后信,有充分证据而后信。

我为什么要替《水浒传》作五万字的考证?我为什么要替庐山一个塔作四千字的考证?我要教人一个思想学问的方法。我要教人知道学问是平等的,思想是一贯的,一部小说同一部圣贤经传有同等的学问上的地位,一个塔的真伪同孙中山的遗嘱的真伪有同等的考虑价值。肯疑问佛陀耶舍究竟到过庐山没有的人,方才肯疑问夏禹是神是人。有了不肯放过一个塔的真伪的思想习惯,方才敢疑上帝的有无。

十七,四,二十补记

(原载1928年5月10日《新月》第1卷第3号,1928年新月书店出版单行本)

# 平绥路旅行小记[*]

---

[*] 编者按:此文据《独立评论》第163号《编辑后记》改正了三处行文错误,纠正之处不再另注。

从七月三日到七月七日，我们几个朋友——金旬卿先生，金仲藩先生和他的儿子建午，任叔永先生和他的夫人陈衡哲女士，我和我的儿子思杜，共七人——走遍了平绥铁路的全线，来回共计一千六百公里。我们去的时候，一路上没有停留，一直到西头的包头站；在包头停了半天，回来的路上在绥远停了一天，大同停了大半天，张家口停了几个钟头。这是很匆匆的旅行，谈不到什么深刻的观察，只有一些初次的印象，写出来留作后日重游的资料（去年七月，燕京大学顾颉刚、郑振铎、吴文藻、谢冰心诸先生组织了一个平绥路沿线旅行团，他们先后共费了六星期，游览的地方比我们多。冰心女士有几万字的《平绥沿线旅行记》；郑振铎先生等有《西北胜迹》，都是平绥路上游人不可少的读物）。

我们这一次同行的人都是康乃尔大学的旧同学，也可以说是一个康乃尔同学的旅行团。金旬卿先生（涛）是平绥路的总工程师，他是我们康乃尔同学中的前辈。现任的平绥路局长沈立孙先生（昌）也是康乃尔的后期同学。平绥路上向来有不少的康乃尔同学担任机务工务的事；这两年来平绥路的大整顿更是沈金两位努力的成绩。我们这一次旅行的一个目的是要参观这几个同学在短时期中造成的奇迹。

平绥路自从民国十二年以来，屡次遭兵祸，车辆桥梁损失最大。民国十七八年时，机车只剩七十二辆，货车只剩五百八十三辆（抵民国十三年的三分之一），客车只剩三十二辆（抵民国十五年的六分之一），货运和客运都不能维持了。加上政治的紊乱，管理的无法，债务的累积，这条铁路就成了全国最破坏最腐败的铁路。丁在君先生每回带北大学生去口外作地质旅行回来，总对我们诉说平绥路的腐败情形；他在他的《苏俄游记》里，每次写火车上的痛苦，也总提出平绥路来作比较。我在北平住了这么多年，到去年才去游长城，这虽然是因为我懒于旅行，其实一半也因为我耳朵里听惯了这条路腐败的可怕。

但我们这一次旅行平绥路全线，真使我们感觉一种奇迹的变换。车辆（机车，货车，客车）虽然还没有完全恢复此路全盛时的辆数，然而修理和购买的车辆已可以勉强应付全路的需要了。特别快车的整理，云岗与长城的特别游览车的便利，是大家知道的。有一些重要而人多忽略的大改革，是值得记载的：（一）枕木的改换。全路枕木一百五十多万根，年久了，多有朽坏；这两年中，共换了新枕木六十万根。（二）造桥。全路拟改造之桥总计凡五百五十七孔，两年中改造的已有一百多孔；凡新造的桥都是采用最新式之铁筋混凝土梁。（三）改线。平绥路有些地方，坡度太陡，弯线太紧，行车很困难，故有改路线的必要。最困难的是那有名的"关沟段"（自南口起至康庄止）。这两年中，在平地泉绥远之间,改线的路已成功的约有十一英里。

平绥路的最大整顿是债务的清理。这条路在二十多年中,借内外债总额为七千六百余万元,当金价最高时,约值一万万元。而全路的财产不过值六千万元。所以人都说平绥是一条最没有希望的路。沈立孙局长就职后,他决心要整理本路的债务。他的办法是把债务分作两种,本金在十万元以上的债款为巨额债户,十万元以下的为零星债户。零星债款的偿还有两个办法:一为按本金折半,一次付清,不计利息;一为按本金全数分六十期摊还,也不计利息。巨额债款的偿还办法是照一本一利分八百期摊还。巨额债户之中,有几笔很大的外债,如美国的泰康洋行,如日本的三井洋行与东亚兴业株式会社,都是大债主。大多数债户对于平绥路,都是久已绝望的,现在平绥路有整理债务的方案出来,大家都喜出望外,所以都愿意迁就路局的办法。所以第一年整理的结果,就清理了六十二宗借款,原欠本利总数为六千一百八十五万余元,占全路总债额约十分之八,清理之后,减折作三千六百三十万余元。所以一年整理的结果居然减少了二千五百五十余万元的负债,这真可说是一种奇迹了。

我常爱对留学回来的朋友讲一个故事。十九世纪中,英国有一个宗教运动,叫做"牛津运动"(Oxford Movement),

其中有一个领袖就是后来投入天主教，成为主教的牛曼（Cardinal Newman）。牛曼和他的同志们做了不少的宗教诗歌，写在一本小册子上；在册子的前面，牛曼题了一句荷马的诗，他自己译成英文：You shall see the difference, now that we are back again, 我曾译成中文，就是："现在我们回来了，你们请看，要换个样子了。"我常说，个个留学生都应该把这句话刻在心上，做我们的口号。可惜许多留学回来的朋友都没有这种气魄敢接受这句口号。这一回我们看了我们的一位少年同学（沈局长今年只有三十一岁）在最短时期中把一条最腐败的铁路变换成一条最有成绩的铁路，可见一二人的心力真可以使山河变色，牛曼的格言是不难做到的。

当然，平绥路的改革成绩不全是一二人的功劳。最大的助力是中央政治的权力达到了全路的区域。这条路经过四省（河北，察，山西，绥），若如从前的割据局势，各军队可以扣车，可以干涉路政，可以扣留路款，可以随便作战，那么，虽有百十个沈昌，也不会有成绩。现在政治统一的势力能够达到全路，所以全路的改革能逐渐实行。现在平绥路每年只担负北平军分会的经费六十万元，此外各省从不闻有干涉铁路收入的事；察哈尔和绥远两个省政府各留一辆包车，此外也绝无扣车的事。现在各省的军政领袖也颇能明白铁路上的整顿有效就是直接间接的增加各省府的财政收入，所以他们也都赞助铁路当局的改革工作。这都可见政治统一是内政一切革新的基本条件。有了这个基本条件，加上个人的魄力与新式的知识训练，肯做事的人断乎不怕没有好成绩的。

我们这回旅行的另一个目的是游览大同的云岗石窟。我个人抱了游云岗的心愿，至少有十年了，今年才得如愿，所以特别高兴。我们到了云岗，才知道这些大石窟不是几个钟头看得完的，至少须要一个星期的详细攀登赏玩，还要带着很好的工具，才可以得着一些正确的印象。我们在云岗勾留了不过两个多钟头，当然不能作详细的报告。

云岗在大同的西面，在武州河的西岸，古名武州塞，又称武州山。从大同到此，约三十里，有新修的汽车路，虽须两次涉武州河，但道路很好，大雨中也不觉得困难。云岗诸石窟，旧有十大寺，久已毁坏。顺治八年总督佟养量重修其一小部分，称为石佛古寺。这一部分现存两座三层楼，气象很狭小简陋，决不是原来因山造寺的大规模。两楼下各有大佛，高五丈余，从三层楼上才望见佛头。这一部分，清朝末年又重修过，大佛都被装金，岩上石刻各佛也都被装修涂彩，把原来雕刻的原形都遮掩了。

道宣《续高僧传》卷一《昙曜传》说：

> 昙曜……住恒安石窟通乐寺，即魏帝之所造也。去恒安西北三十里，武州山谷北面石岩，就而镌之，建立佛寺，名曰灵岩。龛之大者，举高二十余丈，可受三千许人。面别镌象，穷诸巧丽；龛别异状，骇动人神。栉比相连，三十余里。东头僧寺，恒供千人。碑碣现存，未卒陈委。

以我们所见诸石窟，无有"可受三千许人"的龛，也无有能"恒供千人"的寺。大概当日石窟十寺的壮丽弘大，已非我们今日所能想像了。大凡一个宗教的极盛时代，信士信女都充满着疯狂的心理，烧臂焚身都不顾惜，何况钱绢的布施？所以六朝至唐朝的佛寺的穷极侈丽，是我们在这佛教最衰微的时代不能想像的。北魏建都大同，《魏书·释老志》说，当太和初年（四七七），"京城内寺，新旧且百所，僧尼二千余人。四方诸寺六千四百七十八，僧尼七万七千二百五十八人"。太和十七年（四九三）迁都洛阳，杨炫之在《洛阳伽蓝记序》中说："京城表里凡有一千余寺。"杨炫之在东魏武定五年（五四七）重到洛阳，他只看见

> 城廓崩毁，宫室倾覆，寺观灰烬，庙塔丘墟。墙被蒿艾，巷罗荆棘。野兽穴于荒阶，山鸟巢于庭树；游儿

牧竖踯躅于九逵，农夫耕稼艺黍于双阙。

我们在一千五百年后来游云岗，只看见这一座很简陋的破寺，寺外一道残破的短墙，包围着七八处大石窟；短墙之西，还有九个大窟，许多小窟，面前都有贫民的土屋茅蓬，猪粪狗粪满路都是，石窟内也往往满地是鸽翎与鸽粪，又往往可以看见乞丐住宿过的痕迹。大像身上有许多大大小小的圆孔，当初都是镶嵌珠宝的，现在都挖空了；大像的眼珠都是用一种黑石磋光了嵌进去的，现在只有绝少数还存在了。诸窟中的小像，凡是砍得下的头颅，大概都被砍下偷卖掉了。佛力久已无灵，老百姓没有饭吃，要借诸佛的头颅和眼珠子卖几块钱来活命，还不是很正当的吗？

日本人佐藤孝任曾在云岗住了一个月，写了一部《云岗大石窟》（华北正报社出版），记载此地许〔多〕石窟的情形很详细，附图很多，有不能照像的，往往用笔速写勾摹，所以是一部很有用的云岗游览参考书。佐藤把云岗分作三大区：

　　东方四大窟　中央十大窟（在围墙内）
　　西方九大窟　西端诸小窟

东方诸窟散在武州河岸，我们都没有去游。西端诸窟，我们也不曾去。我们看的是中央十窟和西方九窟。我们平日在地理书或游览书上最常见的露天大佛（高五丈多），即在西方的第九窟。我们看这露天大石佛和他的背座，可以想像此大像当日也曾有龛有寺，寺是毁了，龛是被风雨侵蚀过甚（此窟最当北风，故受侵蚀最大），也坍塌了。

依我的笨见看来，此间的大佛都不过是大的可惊异而已，很少艺术的意味。最有艺术价值是壁上的浮雕，小龛的神像，技术是比较自由的，所以创作的成分往往多于模仿的成分。

中央诸窟，因为大部分曾经后人装金涂彩，多不容易看出原来的雕刻艺术。西方诸窟多没有重装重涂，又往往受风雨的侵蚀，把原来的斧凿痕都销去了，所以往往格外圆润老拙的可爱。此山的岩石是沙岩，最容易受风蚀；我们往往看见整块的几丈高岩上成千的小佛像都被磨蚀到仅仅存一些浅痕了。有许多浮雕连浅痕也没有了，我们只能从他们旁边雕刻的布置，推想当年的痕迹而已。

因此我们得两种推论：第一，云岗诸石窟是一千五百年前的佛教美术的一个重要中心，从宗教史和艺术史的立场，都是应该保存的。一千五百年中，天然的风蚀，人工的毁坏，都已糟塌了不少了。国家应该注意到这一个古雕刻的大结集，应该设法保护它，不但要防人工的继续偷毁，还要设法使它可以避免风雨沙日的侵蚀。

第二，我们还可以作一个历史的推论。唐初的道宣在《昙曜传》里说到武州山的石窟寺，有"碑碣见存"的一句话。何以今日云岗诸窟竟差不多没有碑记可寻呢？何以古来记录山西金石的书（如胡聘之的《山右石刻丛编》）都不曾收有云岗的碑志呢？我们可以推想，当日的造像碑碣，刻在沙岩之上，凡露在风日侵蚀之下的，都被自然磨灭了。碑碣刻字都不很深，浮雕的佛像尚且被风蚀了，何况浅刻的碑字呢？

马叔平先生说，云岗现存三处石碑碣。我只见一处。郑振铎先生记载着"大茹茹"刻石，可辨认的约有二十字，此碑我未见。其余一碑，似乎郑先生也未见。我见的一碑在佐藤书中所谓"中央第七窟"的石壁很高处，此壁在里层，不易被风蚀，故全碑约三百五十字，大致都还可读。此碑首行有"邑师法宗"四字，似乎是撰文的人。文中说，

> 太和七年（四八三）岁在癸亥八月三十日邑□信士女等五十四人……遭值圣主，道教天下，绍隆三宝，……乃使长夜改昏，久寝斯悟。弟子等……意欲仰酬洪泽，……是以共相劝合，为国兴福，敬造石庿形象九十五区，及诸菩萨。

造像碑文中说造形像九十五区，证以龙门造像碑记，"区"字后来多作"躯"字，此指九十五座小像，"及诸菩萨"及是大像。此碑可见当日不但帝后王公出大财力造此大石窟，还有不少私家的努力；如此一大窟乃是五十四个私人的功力，可以想见当日信力之强，发愿之弘大了。

云岗旧属朔平府左云县。关于石窟的记载，《山西通志》（雍正间觉罗石麟修）与《朔平府志》都说：

> 石窟十寺，……后魏建，始神瑞（四一四——四一五），终正光（五二〇——五二四），历百年而工始竣。其寺一同升，二灵光，三镇国，四护国，五崇福，六童子，七能仁，八华严，九天宫，十兜率。孝文帝亟游幸焉。内有元时石佛二十龛。（末句《嘉庆一统志》，作"内有元载所修石佛十二龛"。元载是唐时宰相。《一统志》似有所据，《通志》与《府志》似是妄改的。）

神瑞是在太武帝毁佛法之前，而正光远在迁都洛阳之后。旧志所记，当有所本。大概在昙曜以前，早已有人依山岩凿石龛刻佛像了。毁法之事（四四六——四五一）使一般佛教徒感觉到政治权力可以护法，也可以根本铲除佛法。昙曜大概从武州塞原有的石龛得着一个大暗示，他就发大愿心，要在那坚固的沙岩之上，凿出大石窟，雕出绝大的佛像，要使这些大石窟和大石像永永为政治势力所不能摧毁。《魏书·释老志》记此事的年月不很清楚，大概他干这件绝大工程当在他做"沙门统"的任内。《释老志》记他代师贤为"沙门统"，在和平初年（约四六〇），后文又记尚书令高肇引"故沙门统昙曜昔于承明元年（四七六）奏"，可知昙曜的"沙门统"至少做了十七八年。这是国家统辖佛教徒的最高官，他又能实行一种大规模的筹款政策（见《释老志》），所以他能充分用国家和全国佛教徒的财力来"凿山石壁，开窟五所，镌造佛像各一，高者七十尺，次六十尺，雕饰奇伟，冠于一世"。我们可以说，云岗的石窟虽起源在五世纪初期，但伟大的规模实创始于五世纪中叶以后昙曜作沙门统的时代。后来虽然迁都了，代都的石窟工程还继续到六世纪的初期，而洛都的皇室与佛教徒又在新京的伊阙山"准代京灵岩寺石窟"开凿更伟大的龙门石窟了。（龙门石窟开始于景明初，当西历五百年，至隋唐尚未歇。）故昙曜不但是云岗石窟的设计者，也可以说是伊阙石窟的间接设计者了。

昙曜凿石作大佛像，要使佛教和岩石有同样的坚久，永不受政治势力的毁坏。这个志愿是很可钦敬的。只可惜人们的愚昧和狂热都不能和岩石一样的坚久！时势变了，愚昧渐渐被理智风蚀了，狂热也渐渐变冷静了。岩石凿的六丈大佛依然挺立在风沙里，而佛教早已不用"三武一宗"的摧残而自己毁灭了，销散了。云岗伊阙只够增加我们吊古的感喟，使我们感叹古人之愚昧与狂热真不可及而已！

二十四，七，二十八夜
（原载1935年8月4日《独立评论》第162号）